# Up for Grabs

## 新編賈氏妙探

## 之25 老千計，狀元才

賈德諾 Erle Stanley Gardner 著　周辛南 譯

# 目錄 Contents


出版序言　關於「妙探奇案系列」 5

譯序　美國有史以來最好的偵探小說 9

第一章　前途似錦的工作 15

第二章　藝術家的幻燈片 39

第三章　美麗女子 57

第四章　半夜的人語聲 75

第五章　超級推銷員 101

第六章　冷血的蓄意謀殺 129

第七章　動機 161

# Up for Grabs


第八章　出走的病人　167
第九章　哈督導選的替死鬼　175
第十章　環境證據　189
第十一章　律師設下的陷阱　203
第十二章　白莎出馬　213
第十三章　勒索手段　229
第十四章　不留任何尾巴的妥協　253
第十五章　案中有案的雙騙奇案　259
第十六章　巨額獎金　279
第十七章　任務完成　285

出版序言

# 關於「妙探奇案系列」

當代美國偵探小說的大師，毫無疑問，應屬以「梅森探案」系列轟動了世界文壇的賈德諾（E. Stanley Gardner）最具代表性。但事實上，「梅森探案」並不是賈氏最引以為傲的作品，因為賈氏本人曾一再強調：「妙探奇案系列」才是他以神來之筆創作的偵探小說巔峰成果。「妙探奇案系列」中的男女主角賴唐諾與柯白莎，委實是妙不可言的人物，極具趣味感、現代感與人性色彩；而每一本故事又都高潮迭起，絲絲入扣，讓人讀來愛不忍釋，堪稱是別開生面的偵探傑作。

任何人只要讀了「妙探奇案」系列其中的一本，無不急於想要找其他各本，以求得窺全貌。這不僅因為作者在每一本中都有出神入化的情節推演，而且也因為書中主角賴唐諾與柯白莎是如此可愛的人物，使人無法不把他們當作知心的、親近的朋友。「梅森探案」共有八十五部，篇幅浩繁，忙碌的現代讀者未必有暇遍覽全集。而「妙探奇案系列」共為廿九部，再加一部偵探創作，恰可構成一個完整而又連貫的「小全集」。每一部故事獨立，佈局迥異；但人物性格卻鮮明生動，層層發展，是最適合現代讀者品味的一個偵探系列。雖然，由於賈氏作品的背景係二次大戰後的美國，與當今年代已略有時間差異；但透過這一系列，讀者仍將猶如置身美國社會，飽覽美國的風土人情。

本社這次推出的「妙探奇案系列」，是依照撰寫的順序，有計劃的將賈氏廿九本作品全部出版，並加入一部偵探創作，目的在展示本系列的完整性與發展性。全系列包括：

①來勢洶洶 ②險中取勝 ③黃金的秘密 ④拉斯維加，錢來了 ⑤一翻兩瞪眼 ⑥變！失蹤的女人 ⑦變色的色誘 ⑧黑夜中的貓群 ⑨約會的老地方 ⑩鑽石的殺機 ⑪給她點毒藥吃 ⑫都是勾搭惹的禍 ⑬億萬富翁的歧途 ⑭女人等不及

了⑮曲線美與痴情郎⑯欺人太甚⑰見不得人的隱私⑱探險家的嬌妻⑲富貴險中求⑳女人豈是好惹的㉑寂寞的單身漢㉒躲在暗處的女人㉓財色之間㉔女秘書的秘密㉕老千計，狀元才㉖金屋藏嬌的煩惱㉗迷人的寡婦㉘巨款的誘惑㉙逼出來的真相㉚最後一張牌。

本系列作品的譯者周辛南為國內知名的醫師，業餘興趣是閱讀與蒐集各國文壇上高水準的偵探作品，對賈德諾的著作尤其鑽研深入，推崇備至。他的譯文生動活潑，俏皮切景，使人讀來猶如親歷其境，忍俊不禁，一掃既往偵探小說給人的冗長、沉悶之感。因此，名著名譯，交互輝映，給讀者帶來莫大的喜悅！

譯序

# 美國有史以來最好的偵探小說

周辛南

賈氏「妙探奇案系列」，（Bertha Cool—Donald Lamm Mystery）第一部《來勢洶洶》在美國出版的時候，作者用的筆名是「費爾」（A. A. Fair）。幾個月之後，引起了美國律師界、司法界極大的震動。因為作者大膽的在小說裡寫出了一個方法，顯示美國人在現行的美國法律下，可以在謀殺一個人之後，利用法律上的漏洞，使司法人員對他無計可施，只好讓他逍遙法外。

於是「妙探奇案系列」轟動了美國的出版界、讀書界和法律界，到處有人打聽這個「費爾」究竟是何方神聖？

作者終於曝光了，原來「費爾」就是名作家賈德諾的另一個筆名。史丹利．賈德諾（Erle Stanley Gardner）是美國當代最著名的作家之一。他本身是法學院畢業的律師，早期執業於舊金山，曾立志為在美國的少數民族作法律辯護，包括較早期的中國移民在內。律師生涯平淡無奇，倒是發表了幾篇以法律為背景的偵探短篇頗受歡迎。於是改寫長篇偵探推理小說，創造了一個五、六十年來全國家喻戶曉，全世界一半以上國家有譯本的主角——梅森律師。

由於「梅森探案」的成功，賈德諾索性放棄律師工作，專心寫作，終於成為美國有史以來第一個最出名的偵探推理作家，著作等身，已出版的一百多部小說，估計售出七億多冊，為他自己帶來巨大的財富，也給全世界喜好偵探、推理的讀者帶來無限樂趣。

賈德諾與英國最著名的偵探推理作家阿嘉沙．克莉絲蒂是同時代人物，都活到七十多歲，都是學有專長，一般常識非常豐富的專業偵探推理小說家。

賈德諾因為本身是律師，精通法律。當辯護律師的幾年又使他對法庭技巧嫻熟，所以除了早期的短篇小說外，他的長篇小說分為三個系列：

一、以律師派瑞．梅森為主角的「梅森探案」；

二、以地方檢察官Doug Selby為主角的「DA系列」；

三、以私家偵探柯白莎和賴唐諾為主角的「妙探奇案系列」；

以上三個系列中以地方檢察官為主角的共有九部。以私家偵探為主角的有二十九部，梅森探案有八十五部，其中三部為短篇。

梅森律師對美國人影響很大，有如當年英國的福爾摩斯。「梅森探案」的電視影集，台灣曾上過晚間電視節目，由「輪椅神探」同一主角演派瑞．梅森。

研究賈德諾著作過程中，任何人都會覺得應該先介紹他的「妙探奇案系列」。讀者只要看上其中一本，無不急於找第二本來看，書中的主角是如此的活躍於紙上，印在每個讀者的心裡。每一部都是作者精心的佈局，根本不用科學儀器、秘密武器，但緊張處令人透不過氣來，全靠主角賴唐諾出奇好頭腦的推理能力，層層分析。而且，這個系列不像某些懸疑小說，線索很多，疑犯很多，讀者早已知道最不可能的人才是壞人，以致看到最後一章時，反而沒有興趣去看他長篇的解釋了。

美國書評家說：「賈德諾所創造的妙探奇案系列，是美國有史以來最好的偵探小說。單就一件事就十分難得——柯白莎和賴唐諾真是絕配！」

他們絕不是俊男美女配：

柯白莎：女，六十餘歲，一百六十五磅，依賴唐諾形容她像一捆用來做籬笆，帶刺的鐵絲網。

賴唐諾：不像想像中私家偵探體型，柯白莎說他掉在水裡撈起來，連衣服帶水不到一百三十磅。洛杉磯總局兇殺組宓警官叫他小不點。柯白莎叫法不同，她常說：「這小雜種沒有別的，他可真有頭腦。」

他們絕不是紳士淑女配：

柯白莎一點沒有淑女樣，她不講究衣著，講究舒服。她不在乎別人怎麼說，我行我素，也不在乎體重，不能不吃。她說話的時候離開淑女更遠，奇怪的詞彙層出不窮，會令淑女嚇一跳。她經常的口頭禪是：「她奶奶的。」

賴唐諾是法學院畢業，不務正業做私家偵探。靠精通法律常識，老在法律邊緣薄冰上溜來溜去。溜得合夥人怕怕，警察恨恨。他的優點是從不說謊，對當事人永遠忠心。

他們也不是志同道合的配合，白莎一直對賴唐諾恨得牙癢癢的。

他們很多地方看法是完全相反的，例如對經濟金錢的看法，對女人——尤其美女的看法，對女秘書的看法……

但是他們還是絕配！

賈氏「妙探奇案系列」，為筆者在美多年收集，並窮三年時間全部譯出，全套共三十冊，希望能讓喜歡推理小說的讀者看個過癮。

# 第一章　前途似錦的工作

我走進自己辦公室。

卜愛茜——我的私人秘書——從椅子上跳起來。

「唐諾，」她說：「白莎在跳腳，要找你。」

「又找我？」

「這次她真的急得跳腳。」

「什麼大事？」

「來了個新客戶，這傢伙像個大經理，不願意等。他們要見你。」

「通知她。」我說：「告訴她我來了。」

「不必，她通知過我，你一來就要你立即過去見她。」

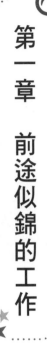

「那經理是什麼人。你知道嗎？」

「很像樣。」她說：「像個銀行家，有錢的銀行家。」

「好。」我說：「我自己去看看。」

我走出自己辦公室，經過我們偵探社的接待室，走向漆著「柯氏——私人辦公室」的門。

柯氏，是柯白莎。柯白莎是一百六十五磅，六十五歲，充滿敵意，小眼睛，凸下顎，像隻牛頭狗一樣的女人。

不過她不是癡肥，全身的肉都很結實，除了下頦。所以她在會見重要客戶的時候，她喜歡把頭抬起，把下顎內收。

柯白莎的眼睛因為看到我進去發出亮光。

「是說你應該快來了。」她說：「你哪裡去了？」

「辦一件小案子。」我說。

「和果先生握握手，」她說：「他等你快二十分鐘了。」

「果先生，你好。」我說。

他站起來。

他是個身材好的高個子，腹部一點也不大，四十五歲左右，灰髮，整齊修剪的灰翳髭，智慧式的灰眼睛。

他身高六呎出頭一點點，足足比我高了一呎以上。從他臉部自下巴到額頭平均的日曬顏色看來，他一定是個高爾夫的愛好者。

白莎說：「果先生是保全保險公司董事長。他正在物色一名私家偵探替他做一件非常專門的工作，他認為你是理想的人選。」

果先生很熱誠地露出牙齒笑著說：「賴先生，我來看你之前聽到你很多好評，我對你也做過一番調查。」

我什麼也不說。

柯白莎的椅子在她體重壓力下吱嘎地叫著。

她說：「你要我來告訴他，還是你自己開口？」

「我來告訴他。」果先生說。

「好吧。」

白莎的語氣好像她可以說得比較清楚，但是因為果先生是重要客戶，所以禮貌上願意讓給他來說。

果先生說：「賴，這是我的名片。」

他給我一張印出浮雕高貴的名片。

從名片上知道他的名字是豪明，是保全公司的董事長兼總經理。

果先生說：「我們要的人是比較和一般作業員不同的人。很多客戶要找肌肉型的私家偵探。我們在物色一個年輕、機警，長於用腦而不是動不動利用暴力的。我們會給他一些經常有的賺錢工作。」

「唐諾正是你們要的那種人。」白莎說。迴轉辦公椅又因為她轉向果先生而吱嘎叫著。

「我是有這個意思。」果先生說。

「等一下，果先生。」白莎突然懷疑起來，她問：「你不是想拆散我們合夥事業，挖我的角吧？」

「不會，不會。」果先生說：「否則我為什麼到辦公室來呢。我來這裡前已確定有不少工作給賴先生做了。」

「五十元一天，另加開支，要我們幹什麼都可以。」白莎說：「這是我們的定價。」

「很公道。」果先生說：「我們付六十。」

「要做什麼事？」

果豪明感慨地說：「這年頭，我們國人的誠實度日漸衰退，而且不斷崩潰。」

大家沒有接嘴。

「在保險這一行裡，」他繼續：「我們更天天遇到騙子、假病和擴大虛報傷情的人。

「另外，專門對付保險公司的律師也越來越多。他們知道怎樣影響陪審團，使有病的、受傷的多弄額外的錢。律師自己也更出名，客戶更多。

「拿一個車禍後有背痛的人來說，律師在陪審團前面會說，一天有二十四小時，每小時有六十分鐘，每分鐘有六十秒，這個他的當事人，每一天的每一小時，每一小時的每一分鐘，每一分鐘的每一秒，都在痛苦掙扎。」

白莎乏味地說：「這一套我們都懂——而且我們有經驗，懂得怎樣對付他們。」

「對不起。」果先生抱歉地說：「我忘了現在是在和專家說話，不是初出茅廬的外行。

「不過這是前提。現在我說實話，我們在對付一個確知是裝假病的男人。這男人涉及一次我們有『認錯義務』的車禍。我們的受保客戶告訴我們是他錯。我們調查所得證據也正如客戶所說相同。

「那個裝假病的男人，名字叫羅漢曼，住在德州的達拉斯。他聲稱受了頸部脊椎神經挫傷，而他對頸椎挫傷的一切症狀，知道得十分清楚。

「我當然不必再告訴你們，頸椎挫傷是保險事業中假病最多的一種。頭痛是X光照不出來的。

「我們又必須承認，在真的頸椎挫傷病人身上，痛苦是絕對的。不知什麼時候發作，也可以延續很久。

「另一方面，目前全世界的醫學設備，都沒有辦法來證明一個人有沒有頸椎挫傷。」

「我也聽說過這件事。」白莎說：「這種病人有多嚴重呢？」

果先生說：「這種受傷起因於頭頸猝然猛烈的後仰。車禍中當然是見於前車已經停車，後車撞上前車尾部，前車中人頭頸突然快速地後仰，頸椎裡面的脊柱神經——」

白莎做了一個不耐煩的表情，打岔道：「這些醫學上的我們都聽說過。我要知道的是，他對你們保險業有多嚴重？如果確定是真的頸椎挫傷，又如何呢？」

果豪明嘆口氣道：「從保險公司的立場來看，一旦頸椎挫傷診斷確立，什麼事都可能發生。」

他又轉向我說：「找你就是為了這件事，賴先生。」

我說：「每家保險公司，自己都有一套很好的防止假病辦法，你們當然不會例外，是嗎？」

「當然，我們有。而且你會是其中的一環。」

我坐進一張椅子，把自己靠在椅背上。

果豪明說：「把任何一個裝假病的人放到陪審團前面去，他們哼哼唧唧的說身體不舒服，很不舒服。能言善道的律師，一套一套教他們如何表演。陪審團心裡有萬一他是真正有病的想法，又覺得，保險公司反正有的是錢。一旦我們遇上這種情況，如果不能私下和解，弄上法庭，吃虧的一定是保險公司。

「經驗告訴我們，神經受傷最好的治療方法是保險給付治療。

「我們見過不少嚴重病例，其中甚至有專科專家醫生證明終身不易痊癒，但是一旦保險公司妥協，付了錢之後病況已經好了不少。有的在收到賠償不久即去外國度假，或是跳阿哥哥了。

「當然，戲法是大家會變的。有可能會弄上法庭的案子我們會一開始就特別注意。

「我們的對策甚至包括偷拍他們的生活影片。在法庭上假如他說只能把手抬到與肩同高，他只能慢慢蹣跚而行，我們只要放一段他滑水、打高爾夫或是打網球的影片，就比講兩天兩夜還要有用。

「但是，不要以為就此我們可以勝算。因為，陪審團並不喜歡我們這種做法。」

「為什麼？」白莎問。

「他們認為我們侵犯這人的隱私權，我們是在監視他——老天！在這種情況下，為什麼我們只能挨打，不能監視他們呢？」

「因為陪審團不喜歡呀。」我告訴他。

他撫摸著他的下巴，用食指順順短而粗的鬍髭，說道：「他們不喜歡我們這種誘人入陷阱的方法。」

大家寂靜了一陣。

「但是你們不會放棄這種拍影片的方式吧？」我問。

「當然不會，不會。」他說：「我們不過決定改變拍的方式，使它在陪審團前面好看一點而已。

「我們來請你也是這個原因，賴先生。

「說到保險公司的影片。我們通常隱藏一個攝影機在小貨車或是大貨車裡偷拍這些人的行動。當他們在庭上說每次手動的時候都會疼痛，我們就放一段他揮動高爾夫球杆的影片。

「陪審團可能會同意我們少付一點賠償，但是大家都認為我們是為了賴掉保險金才這樣做的，對整個保險事業也不利。

「最近，我們想出了一些改良的方法，我們認為可以改進公共關係。」

「什麼辦法？」白莎問。

「譬如，我們從羅漢曼開始。」果豪明說：「他有太太，但是沒有孩子。他有他自己工作，一個商品代理公司，所以他經常要外出旅行。」

「我們的調停人在一開始就發現羅漢曼是在裝假病，所以我們也給了他一個陷阱。」

「你們怎麼做法？」白莎問。

「做法當然是保密的。」果豪明說。

白莎用手在身前畫了個大圓圈，手指上的鑽石戒子閃閃地發光，她說：「在這個辦公室裡，只有我們三個人。」

果豪明說：「我們有一種印好的廣告傳單，寄出去，並且舉辦所謂的有獎競賽。內容非常簡單，任何人都會上當試一試。譬如要用一百個左右的字，來形容某種零嘴食品。我們用印好的回郵信封，加上空白的稿紙，收信人只要坐下來寫上幾個字，把信封付郵就可以了。對他毫無損失，但是獎品都是很誘人的。」

「什麼人評審？什麼人付獎品？」白莎問。

果豪明微笑地說：「柯太太，這種比賽我們邀請參加的人並不多。老實說，我們只寄給裝假病想敲我們公司竹槓的人，而且，每一件回郵都強迫中獎。」

白莎把眉毛抬起。

「他們中的獎，」果說：「也都是一樣的。我們招待他們去亞利桑納州土孫市的孤崗山休閒牧場去度假。」

「為什麼指定這一個『都市牛仔』式牧場呢？」

「因為牧場女主人費桃蕾受我們的津貼。因為在那邊，每個人都要爬上馬背溜馬；下午假如不游泳或是玩玩排球，就不算度假。高爾夫當然更不在話下。

「這些都市牛仔早上騎馬回來，又是塵沙又累，游泳池看起來那麼舒服，那麼吸引人。午餐是開在游泳的池畔的。

「我們本來想叫我們自己的女偵探，用各種方法引誘假病的人做體能活動，但是必要時我們是要把她們放上證人席的。

「有的原告律師非常聰明，他們不談原告的情況，因為影片已經說明原告情況了。他們詰問證人，問她是不是保全保險公司的職員，然後證明原告這些體能活動是在她引誘之下做出來的。再問她保險公司聘她目的是不是引誘這些原告做體能活動，又問她心裡是不是希望把這件工作做成功，那樣公司還會再給她工作做。她只好說是的。律師又會問，是不是她在沒有見到原告前，已經決定要叫他入轂了。

「然後律師用問話方式數落她在不明病人狀況下，不顧病人死活引誘病人做不合宜的運動。又責備她利用友情使重義的原告勉強陪她消耗體能。

「這樣的結果，大家會同情原告，陪審團和輿論對我們還是不利的。社會大眾不相信我們只是用來對付假病病人的。他們會以為我們能賴即賴，造成反宣傳的效果了。

「現在，羅漢曼已經落入我們送他去度假的陷阱了。他給我們回郵，我們通知他他中獎了。中的是孤崗山休閒牧場兩個星期的完全免費活動。」

「他太太怎麼辦？」我問。

果豪明大笑：「他沒有提他的太太，我們也不提。裝病的人都不提太太。騙子總把太太放在家裡。

「有人會寫信來說他中獎很高興，但是他是有太太的，能否帶太太來，他願意把兩週的休假改為一週。我們同意他，而且立即派人和他妥協付賠款，這種人不可能是假病。結過婚的人，告訴太太別的原因出去，自己到花費昂貴的『都市牛仔』、『花花公子』牧場去度假，他們是騙子，是裝假病的人。至少他們心術不正是絕對的。

「賴先生，我們要你去孤崗山休閒牧場。你一到，費桃蕾會親自安頓你。你在那裡會很舒服，要什麼有什麼。

「只要得到結果，開支不必考慮，是無限制的。

「你現在第一件需要的是一個女伴。」

「這個我自己找得到。」我高興地說。

「絕對不行。」果說：「我們以前有過這種錯誤。我們有過一次送去一對作業員，結果被原告律師整慘了。」

「怎麼會？」白莎問。

「假如他們真是夫婦，」果豪明說：「對方律師把他喚上證人席，問道：『你故意用你自己的太太當魚餌，使今天的原告陷入你們佈的陷阱，是不是？』

「假如這兩個作業員沒有結婚，律師又說：『噢，你是在那個地方和一個不是你太太的一起兩個禮拜。你們睡的地方當然是分開的，是嗎？』

「假如他們說當然他們住兩個不同的平房。律師又不齒地說：「你們是一起去的，一起留在那裡的，一起離開的，但是你們住在不同的平房裡。你們的房間離開多遠？五十碼？一百碼？』他又嗤之以鼻地說：「有心人跑五十碼只要六、七秒鐘，你跑多少？』

「我們保險公司要偵探儘量不出面躲在幕後。我們要你臨時在那邊物色一個和我們無關的女人。最好稍稍有點三角關係，找個裝病病人也想追一追的。他們表現自己有多強健，多男性化，多麼有用不完的精力。」

「全部攝入鏡頭？」我問。

「全部攝入鏡頭。」果豪明說：「我們拍這些鏡頭的時候，儘可能不把偵探拍進去。我們強調這位年輕小姐在那裡度假，我們的病人在她面前炫耀他的體力。他們會知道這小姐和我們毫無關係。陪審團會相信，大家不以為是陷阱。

「當然，律師詰問的時候會問出你是我們的僱員，但是你只是派去觀察的，你沒有向他伸出釣鉤，你只冷眼旁觀。再說，運氣好的話，你根本不必出庭。我們可以多叫幾個你提供在場的人名，來作證人。」

「用不用那女人？」我問。

「那女人也儘量不牽入。你知道我們用望遠鏡頭，但是不加廣角鏡，所以能見範圍很窄。影片一開始介紹一個鳥瞰後，立即只看到他一個人在表現。要知道，假如我們把他們兩個照在一組，男的比女的大了十五、二十歲。年齡正好是一倍大，陪審團有人會說：『這老傢伙自不量力，他想騙誰。』要是大家跟著一笑，氣氛就沖淡了。」

「這種方法有靈過嗎？」

「這方法才開始要試用，但是我們最懂陪審團心理學，這種改變一定可以靈好一段時間。運氣好我們可以不把你暴露，你不必出面作證人。

「這個方法會把那和原告分賠償金的律師，氣個半死。」

我說：「你最好能把羅漢曼的案子對我說說清楚。」

「我告訴過你，車禍過失在我們的客戶——投保人，我們是有賠償的責任。顯然原告和他律師還不知道這一點。甚至可能他還沒有請律師。

「我們的投保人乾福力，在這一帶有很多事業。他不斷旅行，有的時候用飛機，有的時候用汽車。

「這一次他開車去德州。他先到厄爾巴索辦些公事而後開車到達拉斯。到了達拉斯，他一個人在一連串的車陣裡開車。由於一切都很順利，他偶爾把視線離開了前車。街上一家商店櫥窗裡有一件陳列品吸引了他的注意力，當他再向前看的時候，發現前面車子都已經停下了，他馬上煞車。車是煞了，但是還是撞上了前車。

「車子幾乎是沒有損傷，兩車都是撞在保險桿上，但是羅漢曼說他的脖子向後扭了一下，他脖子有特別的感覺，不過好像不要緊。

「姓羅的和姓乾的交換地址，姓羅的說他不認為受傷了，但是他會去看醫生。

「姓乾的當然鼓勵他去看醫生。姓乾的這該死的不該客套太多，他竟告訴他，他抱歉，是他不好，不該開車的時候到處張望。

「當然我們會辯稱羅漢曼突然停車，沒有給後車警告。但是誰也不知道他有沒有給後車警告，只是公說公有理而已。事實查過他的煞車燈沒有壞。而且乾先生告訴我們，他開始煞車時，前車已經在一百呎外停妥了。乾先生只在看街旁商店，而車一直在向前。是他撞上全停的前車的。」

「受傷情況又如何？」

「一、兩天之內沒有事，羅漢曼換了醫生。前一個醫生告訴他沒有傷害，後一個醫生是另外一種人。他發現這是嚴重傷害，所謂的頸椎神經挫傷；他讓他住院，二十四小時特別護士、鎮靜劑都用上了。

「這時候，把羅漢曼都教會了，頭疼、頭暈、噁心，都來了。」

「他真吃不下東西嗎？」

果豪明說：「為五萬元錢少吃幾頓算什麼？」

「五萬元？」我問。

「他說他要告我們五萬元。」

「你們肯多少錢妥協呢？」我問。

「其實給他一萬元，他會妥協的，但是問題是我們一毛錢也不想給他。

賴先生，不要誤會我們想賴帳。我們理賠等於做廣告。我們是依統計賺鈔票，極願理賠。但是假病要求賠償是叫我們做肉頭，城裡每個律師都會來吃我們，每輛車輕輕一撞，都要多出一個頸椎挫傷了。」

「好，你到底要我替你做什麼？」我問。

「整好行李，乘飛機到土孫，去孤崗山休閒牧場。把你自己交給費桃蕾，她會在羅漢曼到達的時候讓你們見面。她也會給你安排幾個漂亮的妞，她們有的是誠心去釣魚的，有的是真去度假。但是希望有人注意她們，伴她們玩。

「你把羅漢曼引進我們要他走的路，逗逗這些小姐造成一種競爭氣氛。

「這就是為什麼我們一直在找一個偵探，他比較——比較不——這樣說好了，他體格上不是十分健壯有力的。我們理想的人是女人會喜歡，但是不是運動型的。」

「他不在乎別人說他的。」白莎說：「你要一個小混混，聰明，但是很小，是嗎？」

「不是，不是。」果豪明快快地說：「不是小，但是——我們不要一個大的粗人。因為我們希望裝病的人急著表示他有強健的體格，他對手不能比的。他腦子比不過他的時候，會想用肌肉來比。我們就期望他來這一手。

「我留多久？」我問。「你們影片拍好，我就離開嗎？」

「不是，」他說：「你留足三個星期。羅漢曼會留兩個星期。你先到，但是你後走，你盡可能找他資料，他的人品、背景、好惡等等。」

我說：「答應我一個條件，我就幹。」

白莎叫道：「他付錢，你還有什麼條件！」

「什麼條件？」果問。

「我不喜歡和一個女人七搭八搭，最後把她弄得下不了台。我假如能使羅漢曼在別人面前炫耀運動本領當然是好，但是把一個女人名字弄臭，還要出庭作證，我不幹。」

「我不喜歡你這種說法。」果說。

「我也不喜歡。」白莎說。

「那你們另請高明。」我告訴果豪明。

果的臉漲紅了：「我們不能去請別人，別的偵探社都用肌肉多的偵探。我們自己的人又不能參與。」

白莎怒視著我。

我知道這時候保持沉默最好。

我保持沉默。

「好吧，」最後果先生讓步說：「算你贏。不過我要你好好幹。這一條線以後有得是生意，我們公司慷慨得很。

「我們用自己的偵探，陪審團會不高興。我們聘私家偵探，假如不曝光，沒人會知道。即使知道，照樣可以再幹，陪審團不會在意。他們只反對在我們發薪單上，有以此為生的保險公司員工做這種事。

「僱用長期女作業員是不妥的。我也不在乎告訴你，以往有過兩個案例，被告律師在詰問的時候能建立印象，這一對作業人員實際親密關係遠超過應該的。

「被告律師不提被告的事，但是建立了他們兩個私下交情後問他們，超過時間的作業，有沒有領保險公司加班費，全法庭哄笑。我們的形象就大受打擊了。」

「我什麼時候開始？」我問。

「今天下午。」他說：「你安排好了打電話給牧場。告訴他們班機號碼，他們會來接你的。」

「好的，」我說：「我整行李，第一班飛機走。」

果豪明說：「我和白莎大原則已談妥，訂金支票也給過白莎了。」

我把他送到門口，鞠躬送他走。

我回來的時候，白莎在笑：「這是我喜歡的安全、正經、輕鬆的工作。我們運氣來了。」

「我們一向沒賺錢嗎？」我問。

「我們有賺錢。」白莎承認：「但是你老喜歡蒙上眼睛，在尼加拉瀑布的峭壁邊緣，在薄冰上滑來滑去。從今以後，我們偵探社改變作風，只替大公司、大保險事業工作。一切開支歸客戶去付，我們一毛錢風險也不負擔。」

「你看這保險公司的工作前途似錦，等我們去拿錢。我們不能坐失良機，要攫住不放。」

# 第二章　藝術家的幻燈片

快近黃昏了，飛機降落在土孫市的機場。

我走出機門，見到一個高大有金黃色毛髮的男人，大概三十歲，戴了一頂牛仔帽站在出口處。鋒利的藍眼，在看每一個到境旅客。

我所以能在那麼許多迎接客人的人群中一眼看到他，也是因為他比其他人都硬朗的樣子。

我眼光看到他，就不再轉移。

那人推開別人走向我。「賴唐諾？」他說。

「沒錯。」我告訴他。

我不常見的健壯手指抓住我的手，很疼的擠了我兩下，把我放下。向我一笑。我現在看到他臉上風霜留下的皺紋不少。「我姓柯。」他說：「是孤崗山牧場的人。」

下機的大概有四、五十人，我想即使我沒有示意，這傢伙也會一下就找到我的。

「我想有人告訴你我的長相了。」我說。

「沒有，我只知道要來接個賴唐諾，說你要在這裡住三個星期。」

「你怎麼能一下就找出我來呢？」我問。

他露齒笑著說：「喔，我從不會找錯的。」

「為什麼？」

「我沒有找你，是你在找我。」

「怎麼會？」

「這是心理學的應用。」他說：「我站在明顯的位置，我戴頂牛仔帽，我皮膚本來白的，但是全部曬黑了。

「來這裡的客人知道有人會來接他，他們怕錯過了見不到，又怕牧場車子會不會來晚了，所以一下機就開始找。第一眼看看我，轉過來第二眼又看看我，我就知道是了。我走上去，問一問是不是某先生、某女士，多半不會錯。」

姓柯的又笑了。

「這心理學用得很好。」我說。

「在供遊樂的牧場上，你每個地方都可以用心理學。」

「你學過心理學？」我問。

「嘿。」他說。

「怎麼啦？」

「任何人知道你在對他用心理學，都會使事情更難辦。」

「但是，你對我說實話了。」

「你不同，」他說：「你問我怎麼會在人群中找到你的。大部分客人會說他們一眼就在人群中找出我了。」

我沒有搭腔。

我把行李拿過來，他開來一輛漆得很俗麗的旅行車。車子兩邊有字漆著孤崗山休閒牧場，稍前有畫一座孤山，一條山路自上蜿蜒而下，近處一隊人在騎馬向上；後面車門上一匹脫韁小野馬舉起前腿直立著。另一門上畫一個游泳池，很多三點式泳裝女人在池裡池旁，一個大太陽畫得很有神。

「牧場裡一定有藝術家在工作。」我說。

「這部車子畫得滿正點的。」他說：「我每次進城一定開這部車子。我去採購，車子就找個熱鬧地方一停。我們掛一個鐵絲籃子，裡面放的都是印好的宣傳手冊，不要錢，大家都可以拿，也招攬了你想不到多的生意。

「有人到土孫來玩，糊裡糊塗地只因為見到了我們車子，看了我們的宣傳冊子，就去了孤崗山牧場。」

「也是心理學？」我問。

「也是心理學。」

「牧場是你的？」

「不是，我在那裡工作。」

「你們在那種地方工作，多半有個小名吧！」我說：「叫起來方便點，親近點。」

他笑笑道：「大家叫我小白。」

「你的名字當中有個白字。」

「我叫柯好白。」他說：「當然大家不能叫我小好。」

「很多牧場工作的自稱小德佬。」我說。

他說：「這裡是亞利桑納州。」

「我從你說話中聽到德州的重音。」我告訴他。

「千萬別對別人說。」他說。把我的手提袋扶扶正：「走吧。」

我們駛離土孫進入沙漠。山在東南方，路途不近。柯好白談到沙漠、風景和山居的健康生活。但是他不談自己，也不談牧場。

我們彎進一個開著的牧場大門，開上兩哩很陡的斜坡，轉過來停在山腳下的高台平地上。黃昏的太陽，把這裡照成紫色。

柯好白把車停好，說道：「我把你行李送到房裡去，假如你跟我一起來，我給你介紹費桃蕾。」

「她是誰？」我問：「經理？」

「女主人，」他說：「她歡迎每個來人，使來的人有事做——看，她來了。」

費桃蕾是非常非常正點的女人。

她大概二十六、七歲，列入年輕行列，但是非常成熟。她的服飾可以顯示她的曲線，而她又有很美的曲線可以顯示；不是肉彈的曲線，而是柔和的形態美，男性看到不但覺得悅目，而且會留在腦海裡很久，隨時還會回味。

她用黑而大的眼睛看看我，先是有一點驚奇，然後是鑑定的目光。

她把她手放在我手裡，暫時也不急於抽回。

「歡迎你到孤崗山來，賴先生。」她說：「我想你會喜歡這裡的。」

她把眼睛向上一抬，給我及時的一點親切感，也在我手上輕輕的擠了一下，算是一點暗示。

「我們正在等你，給你安排了三號房子。雞尾酒十五分鐘後開始，晚餐三十五分鐘後開始。」

她轉身向好白說：「小白，請你把賴先生的行李先拿過去。」

「馬上辦。」小白說。

「我帶你去看你房子。」她說，把手放在我臂彎裡。

我們經過一個內院，當中是個大游泳池，兩旁有桌椅和遮陽傘。內院兩側排著很多小平房。都是用圓形連樹皮原木建成的。

第三號房是靠此一行倒數第二間。

桃蕾把門打開，用手扶著。

我鞠一個躬，使個手勢，請她先進去。

一進門，她立即轉身親切地說：「小白馬上要搬行李來，我們現在沒時間討論了。等一下有時間我會找你，我們反正有得是合作的機會。」

「沒關係，反正由你作主。」我說。

「一定。」

小白的高跟牛仔靴，在水泥地上喀喀地響著。他帶著我的行李走進房來。「行李來了。」他說：「賴先生，等下見。」他快得出奇地離開房子。

桃蕾說：「能和你一起工作，一定會愉快的，賴先生。」

她站前一步又說：「唐諾——叫我桃蕾好了。」

「我才覺得愉快。」我說：「我們的工作要多親密呢？」

「很親密，很親密。」

「你兼這個差，多久啦？」

她站得離我那麼近，我已感到她身上的熱力了。她伸出手指，放在我鼻子上，輕壓一下說：「不要嗅到自己人身上來，唐諾。」她大笑，紅唇張開，整齊潔白的貝齒外露。

我把她輕輕抱住。她毫不猶豫的和我輕輕一吻。

「嘿，」她做出聲音，加強這個動作，把我輕輕一推說：「唐諾，你有工作要做，我也有工作要做。先給你點訂金，也許工作完了我們親近親近。」一伸手入口袋，拿出一張面紙替我把唇上口紅擦掉。

她又說：「唐諾，你快去吧，雞尾酒準備好了。」

我說：「我目前還不想喝酒，寧可留這裡。」

她說：「但是我是女主人呀，我得去，唐諾，走吧。」

她拉住我手，輕輕拉向門口，說：「我替你一一介紹，但是不必緊張，目前沒有一個可以用作釣餌。不過，依我看有一位杜小姐，預定明天會來，她似乎有可能給我們用來釣魚。她是個護士。不過，萬一不能用也不必急。你足足有兩個禮拜，一定有機會的。」

「她什麼時候會來？」

「也是明天來。」

「你都知道得好好的，是嗎？」我問。

她笑著說：「唐諾，你在玩牌，你能不知道雙方手裡的牌嗎？」

「別人的牌你怎麼知道呢？」我問。

「唐諾，玩牌玩得好的，不一定要玩假。」她說：「有一件事你一定得知道，我在這裡是老闆叫我做女主人，其實我只拿薪水。要是給他知道了我另有兼差，那就太糟了。你要絕對保密，知道嗎？」

「我這個人不太開口的。」我告訴她。

她說：「比不開口要困難一點，我們兩個會不斷討論。討論又容易引起別人的疑心。為了掩護這一點，你要裝著一點。」

「裝著什麼？」

「裝著你對我十分傾心，我也有一點喜歡你。但是我不會忘記自己做女主人的身分，在喜歡你的情況下不忘記自己女主人的身分，仍在使全體在這裡的人快樂。

「你當然有點不高興和嫉妒。所以每當一有機會，就把我迫到角落上單獨相處一會兒。如此別人不會起疑我們不時緊急聚在一起討論，也不會被老闆發現兼差的事。」

「老闆是誰？」我問。

「蓋利樂蓋先生的遺婿。」她說：「名字叫蓋秀蘭。她從遺產中得到這牧場。經營比出售更賺錢。再說她喜歡這種生活。她會使老的——假如年紀大的來——」

「怎麼樣，說下去呀！」我說。

「我做女主人，招呼年輕的人，使每個人快樂，把他們湊在一起。秀蘭給年老的客人賓至如歸——」

「你說她寂寞，喜歡有人陪她？」我問。

桃蕾說：「來吧，這裡進去就是雞尾酒供應的地方了。每個客人我們通常限制兩杯，但酒量大的可以要求例外。雞尾酒我們配的不濃，而且免費，但是相當好。曼哈頓或馬汀尼，還都過得去。」

房間用強的燈光間接照得很亮。印第安人拿伯和族織的地毯，土人手工藝品及沙漠圖片做的裝飾，表現出強烈的西部氣氛。

大概有二十個人在裡面享受雞尾酒，有的兩人一堆，有的好幾個湊在一起。

桃蕾拍拍手掌，說道：「請各位注意。這位是我們才到的菜鳥，洛杉磯來的賴唐諾。」

她抓著我手說：「唐諾，來。」

她的表演真是令人不得不佩服。大廳裡的人，不少才來不到一天、兩天，但是她順口介紹下來，對於姓名絕不會猶豫半分。她把我一一介紹給每個人，然後帶我到吧台，我要了酒，混進人群。

很明顯的，所有的客人都喜歡她。她是使每個人高興的專家。她參加一組在談話的人群，和大家一起聊著，有本領在最短時間內，找到最合適的時間離開，沒有人認為她離開得突然。然後又加入另外一組人間去，使每一個人都回味她有韻味性感的笑聲。

她穿得很緊，臀部、前胸的曲線柔順，露得不多不少；走動的時候不做作，但擺動到恰到好處，不拖泥帶水，不誇張。我暗暗注意，全室男女的眼光都落在她前後。

不時，總有一、兩位帶太太來的男士，會藉故離開太太，過來參與她在聊天的一組客人。這種情況發生時，桃蕾會在一、兩秒鐘之間離開，參加另一組，或是有意跑到那男人才離開的一組，高高興興去和這男人的太太嗑牙。

不少人禮貌地和我談話，問我會留在這裡多少天，也不直接地問問我是以什麼為生的。只是好奇，並不打破沙鍋問到底。

來這裡的人，年齡都在三十到六十之間。男人服式西部化。每一堆人中都可以看到一、兩個臉孔曬得像龍蝦似的，那一定是新來的曬過度了。

大家話題講得最多的是氣候。

中西部來的在說暴風雪，從海岸來的在說煙霧。煙霧是指海上來的霧，混合進都市中產生的煙。

我又要了第二杯雞尾酒。一陣鈴聲，大家進入餐廳。

桃蕾給我安排的一桌有一對堪薩斯城來的經紀人夫婦，和一個三十餘歲的女藝術家。

晚餐是非常實在的，烤牛肋條肉、烤洋芋、炸洋蔥圈、生菜沙拉和各色麵包。

飯後，牌戲開始。有三種牌是必有的——橋牌、真樂美和撲克。撲克規定賭注非常小，嚴禁加注，每個人都可以玩得起。而且是馬拉松的。

餐廳改為牌室後仍舊十分熱鬧。

酒可以隨便叫，要記帳一起結。

和我同桌的女藝術家獨佔了我的黃昏。她和我談色彩，創造性藝術，現代藝術的威脅，藝術水準的墮落和西部的美景。

她十分寂寞，先生過去了，富有，精神壓力大。對裝假病的也許是個好餌，但是她非常理智，不是理想對象。

拍下裝病人的影片，看到他為了取悅泳裝女郎爬上高跳台，泰山一般往水裡跳，當然對打官司很有用。但是，拍下一個在泳池邊上和女人討論藝術的有什麼用。

我對她研究了一下，發現桃蕾說得一點沒錯，目前這裡面無可用之餌。

藝術家名字是葛緋絲，她告訴我她用照相機和彩色底片為她自己作草稿。她有很多幻燈片，到冬天她要在自己畫室裡把它畫出來。那裡沒有人會打擾她或分她心。

「有沒有像賣你畫一樣，出賣過你的照片？」我問。

她突然很注意看向我：「你為什麼問這個？」

事實上，我不過是不讓談話中斷，隨便問問而已，但是她反應的樣子，使我對情況重作了評估。

「從你告訴我的話，」我說：「我可以知道你照了很多很多的相片。我自己也喜歡照相，但是底片和沖洗相當花錢。」

她向房裡環顧一周，向我靠近一點，說道：「賴先生，真奇怪你一下就問到重點。事實上，我是出售過影片——有過幾次。」

「以上一次來說吧，我帶了有遠鏡頭的八釐米電影攝影機來。我把玩得高高興興的人拍下影片來，事後問他們要不要拷貝。當然我不是大庭廣眾之間沿街叫賣的，我是偷偷問他們的。但我竟賣出了好多卷影片。」

「賣給那些自己沒有攝影機的嗎？」我問。

「不是，」她說：「大多買我影片的人，自己也有帶攝影機。來這裡的人都帶攝影機，回去才可以炫耀，給別人看西部牧場是什麼樣子的。

「他們老拍片，當然片中不會有他們自己。所以他們樂於購幾呎有他們自己在這樣漂亮背景裡的影片。」

「原來如此。」我沉思地說：「我看得出你考慮非常周到。」

她點點頭。

「有沒有賣到價錢很好的？」我問。

她又好奇地看著我。「嗯……有。有兩次價錢很好。一次是賣給一個保險公司，裡面有個男的從高跳台跳進泳池去。另一筆真是我從未碰到過的怪買賣。一個達拉斯來的律師，他要我每一呎在這個牧場這次度假時所拍的影片，都給他一個拷貝——每一呎都要。」

「所以我今年又來了。去年那一筆買賣，連我這一季所要花的一切都賺出來了。」

「喔，老天。你真能幹。」我說。

就如此她猝然改變話題，又談藝術。我看出她有點後悔，對我交淺言深了。

她說她也畫人像，說我有一張很有意思的臉，她想知道我的背景。

我告訴她我未婚。我太忙了，沒有空結婚。我每天都很早上班，很晚下班。

沙漠的靜寂像一張毯子，清潔、純粹的空氣像一杯甜酒，我睡得像個嬰孩。

# 第三章 美麗女子

早上七點半，敲鐵三角的聲音催大家起床。七點過十五分，穿了白外套的印第安女人帶給每個房間鮮橙汁。八點鐘，咖啡又送進房來。桃蕾來敲門口。

「早安，唐諾。睡得怎麼樣？」

「一覺到天亮。」我說。

「晨騎八點半開始。餐廳裡有早餐了，不騎馬的只好在餐廳用早餐。」

「晨騎騎多久？」

「大概二十分鐘。」她說：「可以開開你的胃口。山上火已經升好了，咖啡也熱了。客人一到就炒蛋、煎醃肉、烤麵包，那邊還有荷蘭蛋餅、水煮火腿、香腸，要什麼有什麼。」

「對馬不太公平。」我說。

「為什麼？」

「把客人增加那麼多體重。」

她笑了：「馬很高興。牠們在山上有牧草吃，一面玩著等這些洋包子——不，等這些客人吃飽。」

「不是洋包子？」

「說溜嘴了。」她說：「我們工作人員叫這些都市來的洋包子。在大庭廣眾之下，他們是我們高貴的客人。」

「我給你說動了，我要去參加晨騎。」我說。

「我知道你會去的。」

我走向他們在上馬鞍的地方，她跟在我身旁，走得很近，臀部撞上我兩、三次。她說：「唐諾，在這一季裡我們會合作很多次。這是一個經常性的工作。羅漢曼案子做完後還會有別的案子的。」

「會有很多別的案子？」

「我想是的，會一個接一個來。」

「我看我還是學會騎馬好一點。」

她又看向我笑道。「你不妨多學一點東西。」她說：「這裡是通才教育的好機會。」

我們走到馬群的邊上。柯好白看我一下說：「唐諾，你要一匹什麼樣子的馬？」

「別人挑剩的都行。」我告訴他。

「要不要來匹神氣點的。我們各種馬都有。」

「你決定。」

「那邊那匹上好鞍的紅馬，你去試試腳蹬高低合不合適。」

我跨上馬鞍，腿肚子上用點力，把自己重心自右側移向左側，又從左側移向右側，再在正中坐定。我用韁繩輕輕給馬脖子加點壓力，把馬頭牽向左，又牽向右。放手，跨下馬來。「不錯，」我說：「腳蹬高低正好合適。」

「腳蹬高低合適，但是馬不合適。」小白說。

「為什麼？」

「你該有匹好一點的馬。」

他對馬僮點點頭，舉起一根手指頭，一分鐘後，馬僮牽出一匹腳步輕盈的馬來。

小白替馬裝上馬鞍和轡轡，他說：「賴，給你這匹馬……你在哪裡學的騎馬？」

「我還沒有騎，我只在馬鞍上坐了一下。」我說。

「我是內行。」他說說：「你在鞍上坐得很高。給你這匹馬，牠還有一點羞怯。假如牠不照你意思，那是因為牠怕你。牠想嚇嚇騎牠的人，稍稍給牠點壓力，牠是匹好馬。」

「可以。」我說。

洋包子們散兵遊勇地過來，分別有人幫忙使他們上馬。八點半大家循序出發。

我們沿著只能走吉普車的小路上山，兩側是車輪下的軌道，沿著當中走不會迷失。我們上了個山崗，太陽在背面。小白帶頭，讓他的馬小跑步。後面的都市牛仔——洋包子們在馬背上彈上彈下。有的想用膝蓋及小腿夾住馬肚子，有的雙手抓住馬鞍上的鹿角。其他的只能讓他彈上彈下，很少有人能在鞍上輕輕鬆鬆的。

小白回頭看我好多次，我看到他對我很注意。

我的馬，腳很輕，坐在牠背上有如坐在搖椅裡。

我們沿著乾涸的小溪谷岸上搖了十五、二十分鐘，來到一個長滿鼠尾草的台地上。用當地植物的莖和根，編成安全短架圍著高處台地的四周，當中一輛四輪馬拖的貨車，貨車尾的檔板放下著。車後一堆營火，一個年紀大的灰白頭髮印第安人，戴著一頂大廚帽，穿著白外套，在管理著。大長方形用炭的營火上，有一打以上的平底鍋，在爐架上，有三個墨西哥小男孩在幫忙。

都市牛仔一個個用不同的方法自馬背上下來，呻吟著，僵直著腿來到爐架旁，伸手向火上要強調沙漠早上的寒氣。他們影響了烤煮的工作，於是又圍到木條做的野餐桌，或坐到向外放的長凳上去看山景。

大家用搪瓷杯子喝咖啡，搪瓷的碟子吃蛋、火腿和香腸，吃著加很多果醬的焦黃土司。大家坐著抽菸聊天，直到太陽爬上山脊，一下把平台照得十分耀眼。

小白問什麼人還要騎馬更上一層樓。大一半要回牧場，小白帶了小一半騎馬向上。我們跟他上去。

「你騎那匹馬騎得很好。」他說：「你控制得不錯。」

「我喜歡馬。」我說。

「看來馬也喜歡你。」他說：「你怎麼會到這裡來的？」

「有人對我說的。」我說：「一個朋友。」

「哪一位？」小白問：「來過這裡的我每個都記得。」

「一位姓王的。」我說：「我對他不熟悉，有一晚在酒吧裡見到。他才從這裡回去，曬得很黑，對我說起這裡的好時光。」

「喔，」他說。沒有再問下去。

向上的山路是向上走出山谷，沿一個大平台，岔向左，來到一個可以南北向看到沙漠的地方。沿著山路向北，然後是很陡的坡向下。很安全，但陡得厲害。女生們哇哇叫，男士們不斷對馬說慢慢來，不要慌。

小白自鞍上側身向我回顧，眨一下眼。

我把韁繩放鬆，我的馬自然地向陡坡下去，經過山艾樹叢，十一點鐘的時候，所有人都回到牧場房子。

大家從鞍上下來，來到游泳池旁，冷熱咖啡在等著。

很多客人都在游泳。

桃蕾穿了件鬆緊的泳裝，裹在身上像香腸外面的腸衣。她在泳池畔出現，仰頭看我。

「下水嗎，唐諾？」她問。

「等一下，也許。」

她彎下身，把手浸到水裡，把濕手拿出來，向我臉上彈一下，迫得我心癢癢的，說：「我要你現在下水。」說著自己從池畔鐵梯輕巧地向水裡溜下去。

我回我的小屋，換上泳褲，出來跳進水裡。

桃蕾在泳池的另一端。過了一下她游過來。

「你個子不大，但滿勻稱的。」她把手伸出來放我肩上。

「你還說勻稱。」我說，故意向她上下看著。

「是嗎？」她問，用她指尖自我胸部一路劃下，轉身游出去，和一個很肥的四十多歲在打水的女人聊兩句。接著她向一個男人過份地搧了兩下睫毛，又游向他太太聊兩句。

我到低跳台下去跳了三次水，找了一塊人工草墊躺下，曬著太陽。過了一會，回房沖了個涼，出來找張桌子坐下。

桃蕾走過來說：「杜美麗會來一起用午餐。她早上飛機到，小白去接她了。」

「對她知道多少？」我問。

「只知道她是個護士，二十出頭很多了。她可以。」

一個男人的聲音叫道：「嗨，桃蕾，教我太太仰泳好嗎？」

「當然，」她說，低身向我親切地看了一眼：「等下再談。」就這樣離開。

然後她就變了游泳指導，一面又教另外幾個想減肥的女人應該怎樣利用游泳減肥。漸漸的泳池中人數減少，大家回房沖涼，穿衣服，準備用餐。

杜美麗在十二點三十分到達。費桃蕾迎上去見她，關照小白把行李搬進美麗預定的平房。她給美麗安排的一號屋，正好在我邊上。

她們走過我前面時，桃蕾有用意地向我眨一下眼，而後故意地把自己的眼上下地觀看杜美麗，就像一個漂亮女人在看另外一個漂亮女人一樣。

杜美麗金髮碧眼，二十六、七歲，五呎二吋左右，全身體重得到極好的分配。小個子，但每一個重要部位，不能少一兩也不能多一兩，她走路的時候輕鬆典雅，腿很長，有貴族氣。

使我最重視的是她的眼睛。

她快速地向我看一眼，又馬上把眼光移開。

我這時候看到她眼睛實在是淡褐色的，有點侷促不自然，她看起來有點怕。

兩個女孩沒和我打招呼，經過我前面，逕向平房走去。

桃蕾知道我會從背後注視她們，走路時故意把臀部擺動加多一點，以示知道我在看她。

午餐鈴聲響的時候，她們兩個還在平房裡。

午餐是在游泳池畔開的，很清淡，有水果沙拉、牛肉清湯、碎肉醬汁和熱的餅。

柯好白悠閒地逛過來，看到我在用餐，問：「一個人？」

我點點頭。

柯好白自動在我對面椅子上坐下來。

這一下破壞了我原定的計劃。我原希望桃蕾會把杜美麗帶出來用餐，我對面正好有空位，自然的坐下來，可以先熟悉一下。但是我沒有辦法可趕走小白，更不能不理他，引他起疑。

「午餐？」我問。

「這玩意兒不行。」他用手比了一下：「我在廚房吃。我喜歡多一點肉，少一點水果。那匹馬對胃口嗎？」

「很好。」

「是匹好馬。我們不輕易把牠拿出來給人騎。」

「謝了。」

「不必謝，牠也需要運動，你知道，把好馬給新手來騎，騎不了幾次，馬就和騎牠的人一樣，變新手了。」

「很多人不知道，馬對騎牠的人很敏感。牠們會相人，你的腳向牠身上一蹬，韁繩在手，牠們立即知道你會不會騎馬。一旦你坐在牠背上，給牠一個轉頭的信號時，牠連你喝咖啡加不加糖都知道了。」

小白自己都說得笑了。

「你對騎馬的人知道不少。」我說。

「吃這行飯，能不知道嗎？……看那個過來的人，新的牛仔靴，定製的西部裝，五加侖大的帽子，絲巾在脖子上，他神氣活現對我說要一匹比一般訓練好，『還要好一點』的馬，他不願老跟在別人後面走。

「你看看那個傢伙，要是他靴子後面帶著刺馬釘，你告訴他牧場規定不能帶刺馬釘。於是你看他怎樣把刺馬釘拿下來。看完了，你就知道該給他一匹最安全的退休老馬。

「回來的時候，他會給你十元小帳，說明天給他留匹好一點的馬。這種人帶了女朋友來的，他要表現一下。他吹噓著他騎過馬的地方：蒙大拿州、愛達華州、懷俄明州和德克薩斯州。」

「你怎麼辦？」我問。

「十元收下，明天換另外一匹老馬給他。你要給他一匹真的馬，這傢伙不是被踢下馬來，就是摔死。」

「他知不知道十元白給了，他還是弄到匹老馬？」

「知道一點，」小白說：「但是你有辦法使他不抱怨。你告訴他，對這匹馬他必須要小心。你說牠看起來馴順，但是駕御不好的話非常危險。你說自從去年牠把兩個人從背上摔下來後，再也沒有把牠牽出來給客人騎過，除非你知道這客人是個騎馬專家。

「那傢伙一路對女朋友吹噓這件事，回來又給我十元，告訴我馬很聽他的話，對我說只要他在這裡，請每次都給他這匹馬騎。」

他把手放在張開的嘴上打了個呵欠。

桃蕾從一號平房走出來，站在門口等著，等我看她時看我一眼，看向坐在對面的小白，回進屋去。

「你吃過飯了嗎？」我問小白。

「沒，我現在去吃。」

他把椅子推向後，站起來，從上向下看：「賴先生，要是你不見怪，我覺得你怪怪的。」

「怎麼會？」

他說：「你只聽不講。」

「我應該要講嗎？」

他說：「到這裡來的人，只怕別人不肯聽他說的。只要有人聽，他們心都可以說出口來，尤其是能騎馬的人。他們對我說以前露營的經歷、以前去過的城市牛仔牧場和他們在馬上的經歷……你是哪裡學來的騎馬？」

「我不騎馬。」我說：「我只是坐在馬上。」

他嗤之以鼻，走開。

他走了才不多久，桃蕾自平房出來，後面帶了杜美麗，她們直向大屋子走。突然，桃蕾轉向我的方向說道：「杜小姐，我給你介紹一位我的朋友。賴唐諾。」

我站起來，一鞠躬說：「很高興見到你。」

淡褐色的眼睛，用坦白的神色看著我，我自己覺得心裡慚愧。

「哈囉。」她說，把她手給我。

是一隻冷而纖細的手，但是手指很有力。

她已經換上騎裝了；裁縫定製的整套套裝，把她嬌瘦的身材襯托得美到極致。

「正好吃飯時間，」桃蕾向美麗說：「我餓慘了……唐諾，你一個人，我們坐這裡來陪你，好嗎？」

「那太好了。」我說，轉到長桌對面侍候她們落座。

桃蕾對杜美麗說：「唐諾和我是老朋友了……他是好人。」杜美麗向我笑笑。

侍者過來，她們告訴侍者要些什麼。

杜美麗好奇地研究我，有點超過一般女子度假偶遇別人隨便觀察的程度。

我突然警覺，是不是桃蕾太急於把我推銷給杜美麗，引起了她的懷疑了。桃蕾是不肯浪費時間的女人，美麗是不會遺漏這些過份明顯之事的人——她們在房子裡的時候，也許有件什麼事，桃蕾太明顯了。

午餐進行到一半，柯好白接了個電話，所以來向桃蕾報告，他對桃蕾說：「羅漢曼三點半班機來。」

「那很好。」桃蕾說：「小白，你去接機，好嗎？」

「我會去的。」小白說。

他們說這些話的時候，我觀看美麗的臉。我敢發誓，她眼中絕對突然有驚慌的一瞬。她立即低下頭，用茶匙玩她的咖啡，直到她能自我控制情緒。

「又有客人來？」她抬眼問桃蕾。

「又有客人來。」桃蕾高興地說：「來來去去，每天有。」

「羅漢——什麼？」美麗說：「姓羅漢嗎？你剛才說羅漢——曼。這名字好熟，是作家嗎？有沒有出過書……什麼的？」

「不是，」桃蕾說：「他是中了什麼獎，獎額就是牧場度假兩個禮拜。他也許有一手，否則那麼多應徵的，為什麼會選上他。」

「說不定這就是為什麼我聽到過這個名字。」美麗說：「什麼比賽贏了個名次，一定是在什麼雜誌公佈過。」

桃蕾故意隨便地回答道：「不知道。我只使來這裡的人高興，我不管他們背景。」很微妙的她把「不管他們背景」這幾個字特別強調。

美麗瞅她一眼，回眼看她的咖啡。

桃蕾向我看看，眼中充滿迷惘。

大家各有心事地用完午餐，桃蕾說：「現在是午睡時間。午餐後大家輕鬆一下。下午可以打高爾夫，可以游泳，我們有個很好的網球場，可以打網球。美麗，你喜歡網球嗎？」

「不喜歡，我喜歡游泳，我喜歡騎馬。除此之外，運動的事我一竅不通。」

我離開她們回自己的房子，佯裝午睡。

# 第四章　半夜的人語聲

下午，我找了一個可以看得到牧場交通車到達的位置，坐在游泳池旁。我想在羅漢曼下車的時候，觀察他一下。一旦他知道有人注意他時，就沒有機會看他是不是真有受傷了。

我看到路端一陣泥土漩渦向空，然後是小白駕的牧場車進場。一陣急轉，小白把車停在客人到時專用的停車位置。

坐在小白右面，同在前座的男人，坐姿很端正。

小白離開車了，繞過車頭，替客人開車門。

羅漢曼小心地伸出一條腿，又另一條腿，然後是一根枴杖。

小白扶住羅漢曼一隻手臂，慢慢幫助他下車。

羅漢曼站在車門前，兩隻腿僵僵的，搖擺一下，一隻手抓住枴杖，另一隻手抓住小白的上臂，慢慢地走向游泳池。

走過我前面的時候，小白說：「羅先生，這位也是我們的客人，這是賴先生。」他向我說：「賴先生，這是羅先生。」

羅先生很高，背部僵直，有雙大黑眼看著我在笑，把枴杖移交左手，伸出右手，說道：「賴先生，你好。」

「羅先生，」我說：「見到你真高興。」

「抱歉我的樣子不太好看。」他說：「我遭了一次車禍，站起來很不方便。」

「有骨頭斷了？」我問。

他把手自我手掌中抽回，摸摸脖子背後。「頸椎神經受傷了。」他說：「這是醫生的說法。這玩意兒很惱人，又頭疼，又頭暈……我來這裡好好休息休息，我想多曬點太陽對我有利。」

他把右手伸向左手，握住枴杖的杖頭。

我注意到他手指上的戒指。那是一只很大的K金鑲紅寶石戒指，K金做成粗麻繩的樣子，打一個結，結的中心是一塊紅寶石。

「羅先生，請這邊走，」小白說：「我帶你去你的房，我相信是十二號平房。慢慢來，不要緊。先登記一下。」

「不要擔心，」羅抱歉地說：「我只是動作慢一點，偶爾有點頭暈而已。」

柯好白幫助他，走向登記櫃檯。

費桃蕾快速地自內院的另一端向我們走來。她未能在柯好白和羅漢曼離開我之前到達，但是她已全看到我們談話的一切。

她擺到我前面。「有困難了吧？」她說：「這個人怕不容易捉住。」

我說：「他嗅到老鼠味了。目前我們有件事可以確定——毫無進展。」

她站我邊上有點洩氣地看他背影，然後不服氣地說：「讓我在有月亮的晚上，帶他出去走走，給他加點勁，看他會有什麼改變。」

「改變也照不下來。」我說：「我們沒有星光照相設備。」

我們漫步向登記櫃檯，正好小白和羅漢曼出來。小白把羅漢曼介紹給桃蕾。

桃蕾煽兩下她的長睫毛，讓他看一眼自己低剪裁的襯衫。「羅先生，是風濕嗎？」她問：「這裡是全世界治療風濕病最好的地方。」

「車禍。」他說：「頸椎挫傷。我也認為到這裡來多活動一下會好些。但是我現在有點後悔，離開我醫生太遠了。好在不要自己付錢，我到這裡來度兩個星期假，是贏來的一個獎品。」

「比賽贏來的！」桃蕾羡慕地叫道：「我自己也一直想贏一次這種比賽，但是我再也不試了。我沒這種天份。」

「這次這個贏得簡單。」羅漢曼說著轉向柯好白：「你能把我行李拿來嗎？」

「我先送你過去，你可以躺下。」小白說：「我就把你行李送來。然後我再回去找你找不到的那個手提袋。航空公司一再保證下班飛機會到，我回去的時候應該在機場了。」

「真是狼狽。」羅說：「航空公司一再強調飛機上把你當貴賓接待，但在地下的時候，把你當牛群來處理。對付你的行李更是不在話下。」

柯好白說：「拿牛來比真是恰當不過，今日這種大飛機，我們人旅行的時候，可不是一群一群的。」

羅漢曼用長期不適，造成抱怨的口氣說：「不要聽我胡扯，我因為身體不適，看法比較消極。」

他僵僵地向桃蕾一鞠躬，說：「等一會兒。」跟了柯好白走向對面一行房子的最後一間平房。

桃蕾說：「這種情況我以前從來沒有碰到過。」

「這傢伙聰明得很。」我告訴她：「再不然他是真有傷。」

我等小白出來的時候，我對小白說：「你要是進城去找他的手提袋的話，我想跟你進城。我要買點東西。」

「我替你買好了。」小白說。

「不，」我告訴他：「我想自己挑一下。要是你不是去接人的話，我可以——」

「沒問題。」他說：「這輛車子整天跑來跑去為的就是客人的方便。早上我陪大家騎馬的時候，另外一個僱員會開車去接客人。中飯以後，我一天跑四、五次是常事，來，上車吧。」

我爬上旅行車前座，坐在他旁邊。

「想不到會接到那種人到休閒牧場來。」小白發動車子說：「這種人該送療養院。」

「不過，反正不花錢。」我說：「他是一項比賽贏來的兩個禮拜休假。」

「時常會有這種客人來的。」小白說：「我記得是一種發酵粉的廣告。用一百個字寫出來，為什麼這種發酵粉是最好的。我自己從來沒有應過這種廣告，但是我們這裡還真來過好幾個這種得獎人。還有的人得獎去夏威夷。」

「兩個禮拜對這傢伙會有不少幫助的。」我說。

「也不一定。」小白說：「他反正不要想騎馬，我不要聽他說小時候多會騎馬，或是有一次他怎樣馴服一匹比較凶的馬，更不要他小帳賄賂我明天給他一匹比一般不容易控制一點的馬。這一套我已經厭了。每個人已經有了一匹不能再好一點點的馬了。

「假如我們讓這些都市牛仔自己選自己的馬，你會看到他們的頭一起撞進泥土裡去——土裡都會種出洋包子來了。反正，家家有本難唸的經。」

我點點頭，同意地笑笑。

「早上，我給你的那匹馬怎麼樣？」他問。

「好得很。」我說。

「你處理得很好。」小白說：「有的人手太重，馬知道的。馬反抗韁繩一下，又開始反抗騎在上面的人，上面的人抓韁繩更緊，那就不好了。」

「把他們掀下來？」我問。

「不會，那是絕對不會發生的事，」他說：「會掀人下地的馬，我們這種牧場怎麼可能讓牠存在。碰到這種情況，馬會不安、緊張，回來的時候全身濕透。騎馬的人也一身是汗，玩得也不輕鬆。

「你不會相信，馬有多聰明，牠們知道自己是靠這些都市牛仔吃飯的，掀他們下地等於打破飯碗。不會——我們這裡從來也不會有一匹馬，把客人掀下地去。」

「訓練這樣一批馬，一定很不容易。」我說。

柯好白說：「嗨，怎麼講來講去又講到我的苦經，你為什麼不說說你的苦經。」

「我沒有什麼苦經。」我說。

我們就這樣彼此閒談，兜著話圈子。小白除了一般性的事外不談別的。每次我提到特別的客人名字時，他就不置批評，改變話題。我想這是他們宗旨，不可以在客人中搬弄是非。

我們到達機場，我找了一個公用電話打電話給柯白莎。

「唐諾，」她說：「辦案順不順？」

「目前一切還可以，」我說：「只是這件案子會辦砸的。」

「什麼意思？」

我說：「這個羅漢曼，要不是真的傷得很厲害，就是，這種蹩腳陷阱他不會上當。」

「你的意思你釣不上他？」

「不是釣得上釣不上的問題。」我說：「而是有沒有東西給你釣。這個人可能真的傷得很厲害。我要和果豪明聯絡一下，所以先讓你知道一下。」

「老天，」白莎說：「他不能反悔了呀。你在那邊三個禮拜的費用已付，我們每天又有六十元的進帳。」

「我想告訴他這個辦法要改良。」我說：「我想他一見到我的報告，會改變戰術，把我叫回來。」

「叫回來！」白莎從電話中向我猛叫：「這樣個大人，怎麼可以說話不算數，把你叫回來呢？」

「我們先不要讓他認為我們急著要生意，」我說：「我們還有別的事可以做。」

「你讓我來告訴他，」白莎說：「我來和他談。」

「不，」我說：「我反正自己要寫報告，我只是讓你知道一下。我會再和你聯絡的。」

我不管她再有什麼爭辯，掛上電話，打電話找果豪明，運氣不錯，才向他秘書一報名，果先生就接通了。

「哈囉，賴。」他說：「你在土孫吧？」

「是的。」

「那個都市牛仔牧場如何？」

「很好。」

「和桃蕾處得來嗎？」

「非常好。」

「那好。」他說：「有什麼要緊事嗎？」

我說：「這個叫羅漢曼的傢伙，他不會上鉤的。」

「為什麼？」

我說：「這傢伙做事小心得不得了。今天下午他一來，告訴每一個人他來這裡是因為贏了一個比賽，又說他受了一次車禍頸椎受傷了。這傢伙會什麼玩的都不參加，很文靜，很文靜。

「他走路用手杖，有人在邊上的時候，他會扶著別人。」

「真可惡！」果豪明大喊道。

「就如此。」

果豪明想了一想，輕輕吹下口哨。「好吧，唐諾，」他說：「回來吧。」

「就如此？」我問。

「只好如此。」他說：「我們付他錢就是了。」

「我只是在報告進度。」我說：「到底是不是裝病還不能確定。還有可能一下就露出馬腳了。」

「我想我們最好不要再試了。」果豪明說：「我很高興你打電話來，唐諾。我們付他錢算了。假如他是真的，頸椎受傷是個無底洞。你下班飛機回來吧。」

我說：「不必那麼急。再給我一天時間，我自己也想看看情況。我說過，我不過是做例行報告而已。」

「太好了，賴。太好了。」他說：「我也說過了，我高興你打電話來。你別誤解，賴，我們會和你們偵探社聯絡，這仍舊算三個星期的工作。我只是怕對方是真的頸椎挫傷，我們不在乎賠真受傷的人錢。」

「你能暫時再拖延一天，才採取行動嗎？」我問。

他停了一下，對我說：「是的，我暫時再拖一天好了。」

我說：「我正好有機會進城，給你打電話，讓你知道一下情況。」

「賴，」他說：「我是二十四小時找得到的。我自己有一套方法，這裡的人不論什麼時候都可以找到我。你只要告訴聽電話的你是什麼人，他們會把你接給我的。你明天不要忘了和我聯絡，好嗎？」

「好的。」

「一定要聯絡。」

「我會的，一定。」我告訴他，把電話掛斷。

我回進機場，找到柯好白，他在冷飲攤吃冰淇淋。飛機來的時候把羅漢曼不見的手提包帶了回來。我們回牧場。

我參加了飯前的雞尾酒，用過晚餐又跳了一會舞。

我和桃蕾跳舞。

她跳舞有絕招，和她一起跳的人感到很親切熱絡，但是別人看來不是跳得很近。

「有沒有試著接近羅漢曼了？」我問。

她說：「他是一只冰袋。他是真的受傷，唐諾。這是全新狀況，我從來沒有碰到過這一種情況」

「他們告訴我，除非的確知道是假裝的，否則不會送到這裡來。我不知道對這個人他們怎麼能確定的。」

「也許他們還沒有確定。」我說：「他們也許送過來試試，但是，得到的是不對的結果。」

「你還要待在這裡嗎，唐諾？」

「我不知道，為什麼？」

「我們才有點熟，我不希望你就走。」

我說：「我以為你對我很好，是因為我們今後要合作的關係。」

她眼睛向上一抬說：「我老實告訴你，我對你不錯，是因為你自己表現得不錯。我喜歡你。」

一曲音樂結束，桃蕾加重她的語氣，用她的臀部藉音樂結束的剎那，向我不必要的輕輕一碰一擦，抬頭向我看一眼示意。

另一位客人向我們走來，一定是來邀舞的。

我輕輕問她：「你怎麼能使這些太太們不吃你醋？」

「那是種藝術。」她告訴我，站起來趨向走過來邀舞的男人，臉上掛著一般性，不是對某一特定人的微笑。

我注意她下一支舞。她非常端莊，不時抬頭向她舞伴笑一笑，然後環視全場每一位客人，看他們是否都玩得愉快。

每個已結婚的女性都會看到她這種小動作，會很高興她的做法。這表示桃蕾正在執行她份內的工作。

牧場裡一切活動節目都是依作息表，有規定時間的，目的是使客人們能早點休息。

每週兩次，這裡有跳舞，時間只有一個小時。一小時後音樂停止，客人們也被請回自己的房，早點上床。

每週兩次，這裡有營火會。營火會在另一個內院舉行。那裡營火的四周有坐椅放著圍火而坐。當地特多的一種荳科灌木燒出強烈的火來，又變成在燒的炭。外面定時進來牛仔作秀人，唱西部的歌曲。這種牛仔人數相當多，專門在一個個牧場間循環演奏。

偶或有一次，兩個或三個相同性質的牧場，集在一起，開一個較大規模的聯歡會。這種聯歡會場面較大，包括跳舞、演唱、營歌、啤酒和好的食物。

反正牧場的目的是要有足夠的睡眠，醒的時候又有各種不同類型的健康遊戲。

我很高興能早點休息，因為杜美麗找了個有點頭痛的藉口回房去了，而羅漢曼用他受傷不輕的理由也回房了。

有人不知從哪裡弄了個輪椅給他。他使用了輪椅，行動方便了一些。費桃蕾受到挫折，但是她有那麼許多事要做，那麼多人要應付，所以她沒有表現在外。倔強的個性，她已經決定要看羅漢曼的底牌。

她有本領使每一個人見過每一個人，從不會使一群人固定是哪幾個。小團體活動容易使氣氛不協調。反正她真的是這一行專家，而且她一有空很喜歡和我說話。我感覺得到，正式的節目結束後，她會來找我好好的談這件案子。

以我自己來說，根本沒有案子需要討論——至少還沒有。與其和桃蕾來討論，倒不如研究一下杜美麗，這位小姐有些什麼隱情，我為她擔心。

我走向自己平房，故意打著呵欠。

桃蕾幾乎立即出現在我身旁。

「唐諾，你要離開啦？」

「今天一天夠瞧的了。」

她笑著說：「別裝傻了，你是連著天天過這種日子也不會累的人，你怕什麼，怕晚上？」

我把她的打趣轉向到公事。「杜美麗怎麼樣？」我說：「她不像一般單身女郎，來這裡找改變，找羅曼史。她不是為騎馬出得起那麼多錢的人，也不是攝影迷來這裡收集沙漠景色。你想，她來這裡幹什麼？」

「我知道才怪。」她說：「我看到過因為各種原因來這裡的人。不過，這個女的叫我猜也猜不到。」

「你已經說過三種到這裡來的原因了。第一種人是來找刺激的。她們第一眼當然看到我們的牛仔。那些牛仔也見得太多，除非實在了不起的，否則除了份內之事外，他們不找這個麻煩。

「再說，真來騎馬的，這裡的人一眼就看得出，只要她們是真內行，這裡的人保證她得到最好的馬和馬具，會天天過足馬癮。

「你所說的照相迷，包括藝術家，和喜歡沙漠廣闊，享受單獨寂寞的人。這種人不多，來了這裡他們一個人出不去。而且即使來了，他們不與別人應酬、搭訕。」

我說：「杜美麗來了，她不和別人搭訕，會不會是喜歡享受寂寞的人，她選中這裡，因為這裡最近。」

桃蕾搖頭說：「這女人不像。她是有目的來的。我始終覺得她是故意的，有目的到這裡來的。」

「我也完全有這種感覺。」我說。

「我的房子就和你相鄰。」她說：「我注意到你在過去十五分鐘內，已經大聲的打了三次呵欠了。我認為你這種做作……嗯……」

她誘人地笑了。

我說：「一定是有人在我的咖啡裡下了安眠藥了。我站都站不住了。桃蕾，明天見了。」

「明天？」她問。

我面向她：「你今天一天也夠累了呀，桃蕾。」

「天天如此。」

「薪水好嗎？」

「我當然要老闆付我夠才行。」她說：「我知道我的才能。我做得很好。有我在這裡，客人離開時高高興興。老闆也知道，當然要付我像樣的錢。」

我問：「這裡沒有別人知道你兼的差吧？那個保險公司的差？」

她眼中突然起疑：「唐諾，你幹什麼？找個勒索對象？」

「我只是不喜歡在黑暗裡摸索。」我說。

「黑暗裡摸索，不是更有情調嗎……」她說：「再說說看！你什麼意思？」

「那個兼差，你怎麼得來的？」我問。

「這是保險公司付款部門想出來的一個辦法。」

「果豪明？」

「是的。」

「他來過這個牧場？」

「是的。」

「他什麼時候來過？」

「去年。」

「他看到你工作，想出這一套方法，把裝病的人用比賽贏來的獎品，送來這裡度假？」

「是的。」

「來過幾個人了？」

「我相信果先生不會高興我告訴你這個問題的答案。」

「桃蕾，」我說：「你要知道！我們兩個人都在為果豪明工作。知道這些事對今後我們兩個的合作、和諧有很多幫助。」

「我勸你工作是工作，不要侵入了果先生的範圍。」

「這一點我一定記在心裡。」

她想了一陣。

「我決定不做任何影響我們本來工作的事。」我說：「我們兩個都有很好的工作。果先生不是笨人。他把我送來這裡，是試驗性的……在我來之前，已經有別人來試過了，他們的結果是怎樣呢？」

「我不知道，」她說：「他們沒有再回來。這是一次頭生意。」

「正因為如此。」我告訴她：「我不喜歡這種一次頭生意。我明天再見你，桃蕾，好嗎？」

她躊躇地站在那裡一下，溫柔地說：「唐諾，晚安。」就離開了。

杜美麗的平房已經熄燈全暗了。她回房已半小時，顯然回去後沒有浪費時間就上床了。看來她也不像睡前花很多時間做美容工作的人。

我又重新環顧自己房裡的設備。一個門廳，一個小的起居室，一個臥室和浴室，一個大壁櫃，一台瓦斯暖氣爐和一個小的後院。

建築的人考慮到秋冬之季這裡的黃昏和清晨會很冷，所以每幢平房都有兩個壁爐——起居室和臥室。小後院，是專門用來堆木柴的。自從瓦斯暖氣爐普遍應用後，大家不太燒壁爐，連帶著後院和木柴箱等都荒蕪了。

我的平房和杜美麗的平房相隔只有十呎。她的臥房窗戶對著我的臥房窗戶，但是設計的時候錯開到彼此只能見到對方臥房的一角。

杜美麗一定已經睡了。她可能要享受一下沙漠的新鮮空氣，她的窗是開著的。花邊窗簾移向一側，窗簾繩仍綑在上面。

我脫去衣服，沐浴，穿上睡衣，爬上床進入睡鄉。我不知道睡了多少時候，突然一驚而醒。

是什麼聲音，或是事物把我吵醒了。

明亮的燈光照進我的臥室的一角。

我跳下床來，正想走出臥室門去，想到亮光是從杜美麗臥室照過來的。站近我自己臥室的窗戶，我可以看到她臥室的一角。

我看到一個影子在移動，接著又有另外一個影子。非常清楚，有兩個影子。

我聽到一個男人的聲音，是低音不斷的嗡嗡聲。再聽到女人的聲音，短而快的說著什麼事。

然後又是男人的聲音，這次是決斷性的命令著。

突然，杜美麗跑到臥房的這一角，進入我的視線。

她穿了一件很薄的睡衣，外面披了一件朦朦起毛的長袍遮住透明的睡衣。一隻男人的手伸過來，抓住她的手腕。

我見不到那男人的臉，只能見到他的手，但是可以見到手上的戒指。戒指中心有個紅寶石，我見到紅的烈燄在上面。我可以發誓，這戒指是我在羅漢曼手上見過的。

杜美麗的房子突然又沒有亮光了。從我醒來到現在，最多不會超過兩分鐘。

我輕輕的把我窗子升起來，聽不到什麼聲音。我踮腳走到大門，把大門開直，希望羅漢曼走回自己房子的時候我可以看到他的走法。到底是用正常步態快步回去的，還是用枴杖拐著回去的。

十分鐘後，他還沒有回去。我踮腳自後門走出去，站在後院裡，看向隔壁那間小屋。

隔壁的小屋也有一個後門，像我的完全一樣。後院的樣子也一樣。他很有可能自後門離開，不向左轉，反向右轉，不經過我的小屋，而從對面一行房子的背後回去。不過那要經過貨物運送的道路。

運貨的路是沒鋪路面的，只是一條乾的泥巴路，他們用來運傢俱或是送食物、飲料去各客房的。路上塵灰是沒有的，因為泥土裡都是分解了的花崗石，但是路面不硬。

我快快穿上衣服，塞了一個小手電進口袋，溜出後門。我故意在暗的地方走，來到運貨的路上。我把上衣脫下用來遮掩我手電筒的亮光，檢查鬆軟的路面。

沒有錯，一排男人的腳印，向羅漢曼的房子方向而去。

我不敢再跟下去。但是我跟了足夠的距離，相信這個男人步態正常，無缺點。

有一點我無法避免，那就是我自己的腳印。在這一類路面上，任何東西一移動就留上印跡。內行的人非但能看出是什麼足跡，而且可以追根溯源。

當然，我可以倒退用手掌把腳印刷掉，但是，那樣做留下來的痕跡會更明顯。牛仔們每天早上要看看一晚上牛到哪裡閒步去了，或是要把走失的牛集合，他們都早變成辨認足跡的專家。任何不平常的印子在路上，他們都會注意到的。

我轉身沿泥路回房，暫不管足跡的問題。我相信羅漢曼不會知道有人已經檢查過他的足跡了。我也相信，明天一早，第一個在馬背上經過這裡的牛仔，一定會見到這些足跡。假如最先經過的是小貨車或吉普車就不一定會發現了。別人也許以為我有什麼不正經行為，但無法彌補了。

我一路走黑暗的地方，回自己房上床。

# 第五章　超級推銷員

柯好白告訴過我，一般日子，他們六點鐘餵馬，七點鐘洗刷，裝上馬鞍，準備好八點半開始的晨騎。每週一、兩次，他們叫作清晨騎馬的，出發才早一點。

今天沒有清晨騎馬的作業，所以我在六點半到了馬廄。

六點四十五分的時候，工作的人紛紛自餐廳用完早餐出來。

柯好白驚奇地看到我：「你那麼早來幹什麼？」

「改不了的老毛病。」我說：「不管什麼時候上床，天一亮就醒，醒了就想做事。在都市裡有時還睡個懶覺。這裡早上空氣那麼好，睡掉了可惜。」

他笑笑說：「說得也有理，其實我也從來沒有福氣睡懶覺。」

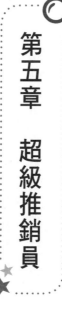

「賴，你是一個很好的騎士，你可以自己一個人騎馬出去。要不要我給你配好一匹馬讓你騎出去，也好給馬兒一點訓練。」

「今天騎馬幾點開始？」我問。

「今天總要到九點鐘才能出發，你要等的話會等得發瘋的。」

「你現在幹什麼，餵馬？」

「不是，他們要刷馬，裝上馬鞍，但是，我要去城裡。我要把馮先生、馮太太送去乘九點鐘的飛機。他們才喝過咖啡，但是希望八點半能到機場，他們要在機場用早餐。」

「好呀，」我告訴他：「我跟你進城好了。這樣你也不會寂寞。」

柯好白笑道：「你是我們這裡所有客人中最怪胎的。大多數客人趕進來吃早餐，急著去騎馬……好，我們十分鐘左右出發。」

「現在我就坐到旅行車後座去。」我說：「你要不要我幫你拿他們的行李？」

「別鬧了。要是他們看到我讓客人搬行李，他們會一腳把我踢上太空變人造衛星……旅行車就在那邊，你請好了。」

我坐進後座。

馮先生和馮太太十分鐘的時候出來。他們是一對肥胖的東部人，來這裡的目的是減肥，把自己曬黑，這樣回東部時，可以用一大堆的奇怪術語來唬他們的朋友。

進城路上和他們一談，知道他們在牧場待足了三個星期時間。一開始馮先生的腳不能適合他的新牛仔靴，後來他習慣了一點，發現穿牛仔靴非常舒服。現在他要回東部去把牛仔靴裝上橡皮後跟每天穿——「管他，老子穿去上班，呱呱叫。」他會這樣說。

我注意到他頭上的寬邊牛仔帽，臉上日曬的棕色。我幾乎可以確定，他會穿著牛仔靴去他辦公室，找很多理由把腳擱在大辦公桌上，使敬畏他的秘書、僱員確實見到，並且認為他還是個舊式的老牛仔呢。

馮太太非常自豪於減肥了七磅，一再說她是個新女人了。

他們各人紛紛忙於說他們自己，沒人問我一句話。

我們到達機場後，他們把行李託運，去用早餐。

我問小白：「要是我不跟你回牧場，會怎麼樣呢？」

「沒什麼，但是為什麼呢？」他問：「賴，你不會是空頭大老爺吧？」

「錢是先付清了的。」我說：「萬一今晚我來不及回來，我要你今晚把我房子留下來。」

小白沉思地看著我，不明所以地笑笑。「我一直在奇怪你為什麼那樣不安寧。」他說：「你有點像沒有閹過的牡馬。」

我沒有再和他說話，自顧自地去看下一班去達拉斯班機的時間。三十分鐘之內，就有一班。

我搭上了這班飛機。

在達拉斯我打了一個對方付款的電話給果豪明。

「你還沒有和他們協調付款吧？」我問。

「還沒有，但是即期支票已經準備好了。接線生說你在達拉斯？」

「是的，在達拉斯。」

「你在達拉斯幹什麼？」

「調查這件案子的幾個線索。」

「賴先生，對這件事我不希望你有誤解了。假如這傢伙真有頸椎挫傷，我們希望，『能和解的時候』快快和解。目前他還沒有請律師，不過威脅要請而已。像這種情況，我們庭外和解，我們快速和解。」

「但是，你還沒有和解，是嗎？」

「沒有。不過我們已派了一個代表，今天下午可以到達牧場，帶了即期支票，也帶著讓他不能再告我們的文件，他簽字就可以拿錢。我們要和他徹底和解。」

「告訴你的人暫時不要動，等我再給你報告再做決定。」

「為什麼？」

「這件事裡還有些事很蹊蹺。」

「不管事情多蹊蹺，只要他有頸椎挫傷，我們應該認帳。老天，賴，這種事沒有把握時千萬不能上法庭。你想想看，假如在法庭上，有陪審團在場，你承認該付賠款，只是不知他傷多重，該付多少，那就付不完了。各種治療、補償、律師費，都來了……可怕……」

「我知道，」我告訴他：「但是——你的人什麼時候可以到牧場？」

「下午班機，大概三點半到。」

「好，」我說：「出發前告訴他，一到土孫機場再和你聯絡一次。我會在三點半之前打電話給你。」

果豪明說：「賴，我喜歡熱心工作的人。但是，這件事你有點過份熱心了。」

我說：「我知道，也許你還會更不喜歡我的過份熱心。那個羅漢曼是個大騙子。我會再給你電話的。」

我把電話掛上，讓他再仔細想。

我打電話給柯白莎。

她說：「你在達拉斯幹什麼鬼？你該在牧場做你的都市牛仔呀。」

「調查一個特別的線索。」我說：「白莎，幫個忙，有件特別事要你查。一個有照護士，名字是杜美麗。我要她詳細資料。我特別要知道她男朋友姓名，她在哪個醫院工作，是否住護士宿舍，同房什麼人，住公寓的話有沒有同住女生——我要她一切背景。」

「這個杜美麗和這件案子有什麼關係？」白莎問。

「我還不知道，」我告訴她：「我就是要查出來。」

白莎不高興地說：「挖掘一個女人背景是你的事呀！她是個有照正式護士？」

「是的。」我說。

「好吧，我們來忙一下。」

「這件事不要告訴果先生。」我提醒她：「他該知道的時候，我們才告訴他。」我把電話掛上。

我找了家百貨公司，買了個小箱子，一個石磨果菜機，一個電動開罐器。

我把盒子上的價格標籤都拿掉，把盒子放進小箱子，開始研究早報上的事求人廣告。有一則廣告徵求挨戶推銷員，推銷高級物品，保證收入豐富。

我去那地址應徵求職。

他們是請人推銷百科全書。

我說我對這一行很專門。他們給我幾頁書內的樣品、宣傳資料和空白的訂單。告訴我，目前我銷掉一套，拿一套的佣金。銷得特別好的時候，除了佣金外有一定的薪水。但是目前則沒有薪水，交通和開支自理。

我有羅漢曼的地址，栗樹街六四二號。

我租了輛車子，帶了百科全書資料和小箱子，來到栗樹街。那地址是個相當不錯的公寓，稱為梅桐公寓。

從信箱上得知羅漢曼的公寓是六一四號。

我上樓按門鈴。

過了一陣，一個二十九或三十才出頭年齡的好看女人出來開門。

「請問你是不是這一家的主婦？」我問。

她不太高興地做出一些笑容。「我是這一家的主婦。」她說：「所以我有很多事要做，我沒有興趣買任何東西。我不知道你怎麼進來的。我們這裡不歡迎推銷員亂闖。」

她開始把門關上。

「我是來送你一套石磨果菜機和電動開罐器的，不要錢，白送的。」我說。

「憑什麼？」

我把小箱子放在走道的地毯上，把它打開，讓她看石磨果菜機和開罐器。

「為什麼不要錢，送給我？」她問。

「不要錢，送給你，絕對真的。」

「要我做什麼？」

「什麼也不做。」

「少來！告訴我怎麼回事。」

我說：「我們很多推銷員在賣百科全書。現在開始十五分鐘內，假如我能打電話進去，有人訂了一套，我可能是銷出本社第十萬部書的推銷員，面子很好看。你要是能在十五分鐘內決定買書，石磨果菜機和電動開罐器都送給你，不要錢。」

「多半是廉價品，」她笑著說：「我用不到幾……」

「你自己看一看，」我把石磨果菜機捧起來讓她看，告訴她說：「這個在城裡隨便哪一家商店至少要賣六十五元。這是最好的牌子，你不會不知道的。」

「是的，牌子是不錯的。不是壞的吧？」

「保證新品。」

「我看看開罐器。」

我把開罐器給她看。

她猶豫一下，說道：「進來。」

我跟著她進入公寓。

這地方不錯，有一個起居室，一道半開的門可通往臥室和一個小廚房。

「百科全書多少錢？」

「這些東西就值回它一半價格了。」

「一套百科全書，我們都沒地方放。」

「百科全書現在都用薄的聖經紙印的。來的時候帶了書架來。你會吃一驚，裡面會有那麼多知識。」

「舉個例來說，什麼叫中子彈？脫離地心引力要用多少能量？你每天吃的蔬菜裡有什麼維他命？

「我看得出你不是一天到晚窩在家裡的女人。你在外面有應酬。我不知道你受過什麼教育。但是，今日這個社會大家聚會的時候，普通常識和專門知識知道得越多越好，也越受人敬重。這裡，我請你看看印好的宣傳樣品，這套書真是包羅萬象。」

她懷疑地說：「既然這套書佔空間不大，又不太貴，你先坐下來，我來看看。」

她把我給她原書上有關人造衛星一段的資料翻閱著。

「你看，這和最近電視科學報導很有關係。但是這裡面不寫別人看不懂的專門名詞。你只花半小時閱讀，你就可以在任何女人集會中算是最趕得上時代的女性了。」

「多少錢？」她問。

我說：「我們有一個合約，然後是五十二個星期的分期輕鬆付款辦法。這種方法我們賣書已沒有利潤可言。

「我們發現家有百科全書比有黃金有用——對不起，我只有七分鐘了。假如你簽約，我打電話回公司，你現在一毛錢不用花。這些東西馬上搬進廚房，你可以用，你還是本公司第十萬名顧客，以後任何書本你都有折扣。

「他們只給我十五分鐘，十五分鐘後，樓下另一組也有相同獎品的出發，要是他先打電話回公司，我後打電話，就沒有獎品了。那位二號推銷員也是十五分鐘限時。這是我們工作的方法。」

「之後呢？」

「二號推銷員接不到訂單就有三號出發。依據我們公司的統計，即使沒有獎品，每三戶人家的訪問，我們就能得到一份訂單。實在因為這是國內編印最好的百科全書。」

她說：「買這一類的東西，我一定得問問我丈夫……我再看看這個石磨果菜機。」

她仔細看著。

「你看，上面有廠家原裝的保證書。」我說：「你把保證書填好，寄去原廠。從此這個石磨機就有存根了，三年之內是由廠商保修的。

「那個開罐器，什麼罐頭都可以開，圓的、方的、橢圓的都行。只要把罐頭夾上去，按一下開關，一切都好了。邊緣十分整齊，不會割手。

「事實上，公司向外絕不認帳我們送客戶禮品的。因為我們是賣書的，不是送禮品的。但是，我們送第兩萬五千套客戶一份小禮品，而後是七萬五……一直下來。今天是第十萬套，所以準備了一個特大獎。」

她猶豫著。

「你先生什麼時候回家？」

「兩個禮拜之內可回不來。他有生意出門——可憐的男人——我想他今晚會打電話回來。」

「有什麼問題嗎？」我問：「你在說『可憐的男人』。」

「他受了一次汽車車禍。他根本暫時不應該旅行。但是那是一個十分重要的生意，他又必須自己去。」

我看看我的錶說：「對不起，照這樣說，我們的二號推銷員會得這個機會了。」

我開始把電動開罐器放進小箱子，伸手去拿石磨果菜機。

「等一下。」她說。

她又仔細看石磨果菜機。

我等她眼睛離開機器，故意再看看手錶。

「好吧！」她說：「我要了。」

「在這裡簽字。」我告訴她。把百科全書訂購空白單送向她面前。

「老天，我要看看內容呀。」

「不必，我們是有信譽的公司。不必先付任何款項。下禮拜會有人送書來。書到你付第一期款，此後五十二次平均付款，不加利息，正如合約所書。除非你會違約，否則一點問題也不會有。不會讓你再有任何負擔。」

我又看看手錶。

她把筆拿起，簽了合約。

我說：「我能用你電話嗎？我的時間到了。」

我跑向電話，拿起聽筒，隨便撥了個七位數。說道：「喂，喂。」

對方說：「找什麼人？」

我說：「我是唐先生，第十萬套百科全書已經由我推銷出去了。我可以把獎品送給我們的客戶嗎？」

對方說：「你打錯電話了。」把電話掛上。

我向已掛死的電話說：「我已經把合同簽好了。請你記一下時間，我的時間還有五十四秒。我要把石磨機、開罐器送出去了。客戶是羅太太——四維羅。合同我馬上帶回來——對，我東西要送出去了……是的，合同簽好了。」我把電話掛上。

我拿起石磨果菜機，走進廚房，找一個架上空位置，把它放上。把電動開罐器拿在手上說：「這玩意有幾個固定螺絲，你要不要我給你選個最順手位置，替你裝妥？」

「不必，」她說：「我自己來裝。我要試那石磨機。」

她把包裝都拿掉，把電源插上，自冰箱拿出兩個胡蘿蔔，一面匆匆切條，一面笑著說：「我們一直想要一個這種東西。沒想到今天送上門來，真是太好了。」

「是你自己買了第十萬部挨戶推銷的百科全書，得來的獎品。」我說：「你說你先生什麼時候回來？」

「至少兩個禮拜。他去明尼蘇達有生意。」

「你說他受傷很重。」

她把切好的蔬菜放進機器，試著切絲、榨汁等功能，一面回答我：「是頸椎受傷。開始他認為沒怎麼樣，過了一下他有頭痛、頭暈，所以去看醫生。醫生說他頭頸裡最粗的一根神經挫傷了。」

我用舌頭嘖嘖出聲道：「太糟了，不知對方保險了沒有？」

「保險倒是有的。我不知道保險公司對這種事怎麼辦。我丈夫在和他們交涉。」

「該請律師呀。」我說。

她精明地說：「律師不論保險公司賠多少，會要我們百分之三十三又三分之一的律師費。我不瞭解，要是我們能自己和保險公司妥協，何必要什麼律師。一點沒有理由讓律師賺五千元，只是因為他們講幾句話或寫封信。老天知道，有的律師靠我們這種好案子賺飽了。他們坐在辦公室，和保險公司談談條件就有飯吃。

「假如律師有規費，遞狀紙或信件要多少錢，花費時間每分鐘多少錢，一件件算，我丈夫會請律師，但是沒有律師肯這樣辦。」

我說：「家家有本難唸的經。律師一定也有他們的困難。他們對容易的案子賺進來，可能要貼一點給不容易的案子。」

「沒錯，所以我丈夫說律師管律師，姓羅的事由姓羅的自己處理。他也不要我參加討論案子。」

「為什麼？」我把眼睛張得大大的。

「喔，你知道的，這些保險公司鬼得很。」

「喔，是的，」我說：「我能瞭解。你是最好從現在起什麼也不說。羅太太，我要走了。真是非常謝謝你，我很幸運能送給你這些獎品。有一下，我真怕十五分鐘過了，我們送不成獎品。」

她神經質地大笑道：「我也是呀，看那麼多太空呀、人造衛星什麼的，我怎麼會懂呢。」

「慢慢花一點時間，你會愛不釋手的，羅太太。」我告訴她，一鞠躬自己退了出來。

我回到百科全書的公司。

「合約簽了字該怎麼辦？」我問，一面把羅太太簽了字的合約給他們看。

「交給我。」寫字桌後的男人驚奇地說。

我把合約交給他，他仔細地看。

「賴，你工作真快。你上班才只一個多小時呀。」

「我知道，」我告訴他：「我動作快。」

「你跟著我們公司，收入一定會不錯。」他說。

「不行，這個不好。」

「為什麼不行？什麼不好？」

「不好，」我說：「這種東西不容易推銷。足足花了我一小時才敲定這筆交易。我要做挨戶推銷員的話，我頂多每天只能銷出去五套。」

「一天五套！」他說：「你知不知道，一天五套你有多少佣金？」

「當然，我知道，我是老手，我就在找好銷的東西。」

「我們的東西是好東西呀。你今天走了幾戶人家？」

「就只一家。」

「只有這一家？」

「當然，我選擇有希望的地區。」

「你真行！」他說。

他又仔細看簽好的合約。

「賴，你沒有在估計信用欄下簽名。」

「由我簽嗎？」

「你估計客戶信譽會不會有問題，出問題最多賠償不賠過佣金數。」

「怎麼說？」

「我們把百科全書送出去，保留合約直到分期付款付清為止。半路出問題，你拿不到這一份的佣金。」

「你把合約抵押現款，是嗎？」

「抵押是沒有錯，但是一定先要查他信譽。即使如此，我們尚須背書。」

我向他笑笑說：「換句話說，你們有個相關機構，處理你們財務。你把合約押給他們。」

他臉紅了一下，沒有回答這個問題。

「好吧，」我說：「我們來查他們的信譽。」

他不願意現在做，但是他拿起電話，打公立的諮詢單位，查問住在梅桐公寓一位羅漢曼的信譽狀況。

我觀察他的臉色。

幾分鐘之後，他皺起眉頭，深思地道：「好，謝謝。」

他掛上電話對我說：「他們住到那裡去不久，才只有三個月，但是信譽沒問題。他們不喜歡記帳。他們有銀行支票戶，他們好付支票。進城的時候買了輛好車，用的也是支票，一次付清。大家對他們不清楚。因為他們說他們不用信用卡，所以也不提供諮詢。我想是沒問題的。」

「那就好，」我說：「只要佣金不泡湯就行。」

「不會的，不會泡湯的，賴。不過你一定要在估計信用欄下簽名……這樣才對，你完成了一件工作，做得很漂亮。通常一個推銷員要一個禮拜才能進入狀況。我的工作主要是鼓勵士氣，使他們不失望氣餒。」

「我已經氣餒了。」我說。

「你──我真的不瞭解你，賴。」

「我容易瞭解得很。」我告訴他：「我是見錢眼開的人，也是生財有道的人。」

「你絕對是創紀錄銷售百科全書最快的人。」他說：「為什麼要說不想和我們在一起？」

「不行，」我說：「我在找更綠的地，有更肥的草。」

「不要對這裡太悲觀，賴。我們有幾個推銷員很賺錢的。」

「不是我心中的樣子。」我告訴他：「以後我會告訴你怎樣付我這一筆佣金的。目前，這裡是你的宣傳資料和樣品。我要去找更容易賺錢的工作了。」

他又生氣，又不知說什麼好。我把這些東西向他桌上一放，自己走了出去。

我找個電話亭，又和果豪明聯絡。他來接電話的時候，我說：「果先生，我希望你取消妥協的念頭。」

「怎麼啦，賴？」

「他們對律師知道得太清楚了。」我說：「他們以前有這一類案子的經驗。」

「你怎麼知道？」他問。

「假如一定要打官司，他們會去找律師的。否則他們會離開律師遠遠的。他們認為沒有理由讓律師寫封信就賺去三分之一的保險賠償。他們認為的三分之一賠償費，是五千元。」

「都是誰告訴你的這一些？」

「他太太。」

「你去她家了？」

「是的。」

「你讓她開口了？」

「是的。」

「哪有這種事！你怎能辦到的？」

「說來話長。」我說：「當然她絕不知道我和保險有任何關係。」

「你認為你有點苗頭了？」

「是有點苗頭了。」

「好吧。」他說：「我取消今天的飛機訂位，改為明天。但是，賴，我警告你，對付頸椎挫傷，我們兩個是小孩子玩大車，危險呀！你知道嗎？」

「這些我知道。」我告訴他：「但是我認為他是靠此為生的。」

「這只能算是你的疑心病。」

「這是我的疑心病的話，」我說：「也是有依據的。這傢伙的公寓很好，太太穿得講究。他們不是小兒科，他們願意投資來弄大錢的。他們決心賴帳的。」

「賴什麼帳？」

「一套百科全書。他們決心拿了書，遷到別的地址去，改成別的名字生活。」

「你怎麼知道？」

「從她簽購書的合約，不仔細看其中內容。」

「是你賣給她一套百科全書？」

「是的。」

果豪明停了一下子，他說：「賴，你是我合作過最死樣的人。」

「我該辯幾句嗎？」我問。

他大笑道：「不必了。」

「好吧，」我告訴他：「暫時先不要投降，我想我會找出點東西來的。」

我掛上電話，又打電話給在辦公室的秘書卜愛茜。

卜愛茜說：「唐諾，你在哪裡？」

「愛茜，電話是經總機的。」我說：「想辦法弄清楚沒有人在偷聽。你假裝到外面辦公室檔案櫃去拿文件，看到沒人在聽再回來。」

她放下電話出去，四十秒鐘之後回來說：「沒問題。」

「愛茜，」我告訴她：「我馬上回洛杉磯來。我不要白莎知道這件事。目前我不要任何人知道這件事。我要有人掩護我。你能不能告訴你公寓的經理，你有個表哥從新奧爾良來西海岸玩，請他租我一間公寓，幾天就好。」

「我想，」她深思地說：「要辦是辦得到的。」

「我知道兩個禮拜之前你有一個女朋友從舊金山來看你，你就給她辦過。」我說。

「那是個女的呀。」她說。

「口氣不要太關心，裝作沒什麼不同就行了。」我說：「告訴那經理，不一定要在同一層的公寓，任何一層都可以。」

「好吧，我試試看，唐諾。」她說：「有什麼困擾？」

「沒有困擾，」我說：「是安全處置。我不要任何人知道我回來了。

「我另外還有事要你辦。我對白莎提起過一個杜美麗，我要白莎找出她的一切。在我回來的時候，你要想辦法弄到白莎找到她的一切資料，我有用。」

「你什麼時候到？」她問。

「今晚五點三十分，美國航空公司。來得及的話你來接我。」

「你知道這女人什麼資料嗎？住哪裡？做什麼的？」

「到那個時候，白莎全會知道了。你一定要從白莎的檔案裡拿到它，最好是影印一份。」

「好……我看能不能辦到。但是我有原則，我不願意說謊。你知道的。」

「我知道。」我告訴她：「那是因為你缺乏訓練。我現在就在給你訓練的機會，使你的人格圓滿。」

「喔！唐諾。你正經一點好嗎？」

「再也沒有比現在正經的了。」我告訴她。

# 第六章　冷血的蓄意謀殺

卜愛茜在機場接我。

「唐諾。」她說，態度顯得十分關切：「出了什麼錯？」

「怎麼會想到出錯了呢？」

「你本該在那牧場。白莎不能瞭解你跑來跑去幹什麼，我也不知你溜回來為什麼？」

「杜美麗怎麼樣？」我問：「我們有線索嗎？」

「有，姓杜的本來不算多，姓杜的護士更不多了。叫杜美麗的只有一個。」

「是誰？她怎麼樣？」

「她是市立中心福利醫院的護士。我們去調查的時候，用的是老藉口，信譽調查，尤其查她個人生活習慣等等。起始的時候，他們不太肯開口。」

「我們找到點什麼？」

「她在一週之前發生精神崩潰，現在到什麼地方休養去了。他們給了她一個月的假期。她把一些X光底片歸錯了檔，為這件事她精神不安，最後竟不能工作。」

「對頭，」我說：「不過，小心起見，對一下是不是同一個人。你說的杜美麗長相怎麼樣？」

「二十八歲，淺色髮膚，五呎二吋半，體重一〇八磅。」

「很好，」我說：「就是她。有男朋友嗎？」

「名字叫藍畝丹。開一個電視修理店。大個子，四肢發達型，據說脾氣不好，妒忌心重。」

我說：「我怎麼老碰到這一類的人。」

「唐諾！你不會一定要去找他吧？」

「明天，一大早。」

「喔，唐諾，希望你不要去。」

「我不能不去。她住哪裡？一個人住，還是有人分租？」

「她和人分租。她住在保安公寓二八三室，和她一起分租同住的人叫尹瑟芬。」

「對尹瑟芬知道什麼嗎？」我問。

「只知道她也是個護士，是杜美麗非常親密的朋友。她們住一起有兩年了。美麗有一個生病的母親，住在療養院裡，歸她扶養。」

「這也符合。」我說。

「果豪明先生怎麼樣？」她問。

「我現在就是要打電話找他。」

「你有他晚上的電話號碼？」她問。

「有，他說隨時可以找到他。」

我打這個電話，果豪明有教養、有訓練的語調說：「哈囉，我是果豪明。請問哪一位？」

「賴唐諾。」我告訴他。

「喔！是的。你在哪裡？」

「這裡，在機場。」

「你才回來？」

「是的。」

「賴，對這件案子我有預感。我說預感的話，實在是長期經驗累積和對局勢的潛意識判斷。」

「我相信是的。」

「我要和你談談。」

「告訴我地址，我們馬上過來。」

「誰是『我們』？」

「卜愛茜，我的秘書。」

「我一直打電話到你辦公室想和你聯絡。你合夥人不知道你在哪裡。」

「她確是不知道。」

「我以為找到你合夥人，一定能找到你。」果豪明譴責地說。

「一般情況下，是這樣的。」我說：「這次情況，最好是什麼人也不知道。你同意的話，我馬上來看你。」

「我在家，急著希望見到你。」

我掛上電話，問愛茜：「有沒有開公司車來？」

「沒有。」她說：「車子一動，白莎要計里程好向客人收費，所以我開自己的車來了，更方便些。」

「好吧。」我告訴她：「我們將來給你的車加油錢。」

「去看果先生？」她問。

我點點頭。

「我認為他在發脾氣。」

「也許。」我說。

「我們該怎麼辦？」

「可能的話安撫他一下。這件事我衝得太前了，希望他肯跟著來。我們走吧。」

「完事之後應該好好吃一頓。我餓了。」她說。

「完事之後。」我答應她：「好好吃一頓。」

我一面開愛茜的車，一面說：「他住的地區很高級。」

「我不想和你進去，唐諾。我在車裡等好了。」

「瞎說。」我告訴她：「你既然來接我，你跟我進去。」

他的房子是一個堂皇、西班牙式，有古時大樹、草坪、大前院的形勢。說實際點，草坪不大，樹剪得瘦瘦的，但是房子縮進人行道很多，有豪華的感覺。

我按門鈴。

果豪明自己來開門。

「好極了，好極了，唐諾。」他握我手說：「你忙了一天了，我想。這一定是你的秘書，卜愛茜小姐？我和她在電話上通過話。進來，請進來。」

他的態度十分熱誠。

我們進入房子，他把我們帶到一個客廳，請我們坐下。

果豪明自己沒有坐，他站在壁爐旁看著我們。他的雙手插在他穿的開司米家居上裝口袋裡。

「唐諾，」他說：「我知道你急進一點，動作快速，一旦開始工作，絕對忠於僱主，支援到底。」

「不好嗎？」我問。

「但是，換一方向看，」他繼續說：「這一些習性，使你不服從僱主的指示。

「你的合夥人，柯太太，對你的習性已經吃足了苦頭，一再忍耐了。我倒不在乎，因為知道你的動機。無論如何，這件案子這個時候應該歇手了。為了你的建議，我們還是決定拖延到明天。現在你是我們的舵手，一切由你控制。你失敗，我們也麻煩大了。

「我現在有點怕了。我不反對你希望水落石出的精神。但是站在保險公司立場，詐騙也好，真有傷也好，不出事才是第一重要。損傷我們的名譽就後果不堪設想了。我後悔在你堅決請求下，同意你延這麼一天。

「這一行我做太久了。我嗅得出我們假如不早點妥協，會花很多的錢，結果還會不愉快。」

「好，」我說：「有什麼過錯，都是我的。是我叫你暫時不要和解的。對這種事我沒有第六感，但是我打賭，這件案子裡蹊蹺太多。」

果豪明說：「即使蹊蹺多，唐諾，我們也沒有辦法證明呀。除非明天中午前，你有真正證據，否則我明天下午派人去找他妥協。這已經是最後決定了。我要向保險公司負責呀。」

我說：「原來你叫我來，主要是告訴我，你不喜歡我做事的方法。」

他笑了。

「唐諾，你誤會了。不要有成見。我要親口對你說你能幹，有決心，打碎砂鍋的精神正是別的現代青年缺乏的。在一般案件中，能請到這樣的人幫忙是不容易的。但是這件案子不同，這是件保險公司的案子。對保險事業，你還須學習。

「你回去見到你合夥人柯白莎的時候，我要你告訴她，你見過我了。我對你十分瞭解。你對這件事的做法，絕不會影響你們公司和保險公司的關係，我們仍會請你們做下一件工作的。」

「這樣很好，」我說：「你很慷慨。你怎麼會突然覺得這個羅漢曼是真的有病呢？」

果豪明把嘴唇拉開扁了一下，說：「不要誤解我。他是真的、假的，和我的決定無關。他下定決心拿了一根枴杖進這種牧場，又坐在輪椅裡不起來，是我下決心的主因。對這種人，我們就是不敢冒險，如此而已。」

我說：「你設計一個陷阱，他沒有走進去，並不是說，他絕不會出錯。」

「他走進了陷阱，但是帶了枴杖輪椅進去的。而且他不吃我們的餌。」

我說：「對於你自己的受保人，你有沒有仔細問過──他叫什麼名字？」

「乾福力。」

「你有沒有仔細問他，當時發生車禍實際情況？」

「仔細問過，而且確信責任在我們這邊。」

我說：「可不可能，這個姓羅的一面開車，一面看後視鏡，一看到後面開車的人在看路旁景緻，就猝然煞車，後車就不可能不撞到他？」

果豪明想了一會，說道：「當然，也是可能的。這個方法設計得很有天份。」

「但是是個安全無比，不會失敗的方法。」我說：「路邊有什麼在吸引人的注意，佈置很好的櫥窗或不論它是什麼。羅漢曼知道這是好地方。他一次繞過那地方，眼睛不斷看後視鏡，被撞後他立即下車，給後面的人看駕照。後面的人說：『抱歉，一切是我不好。是我眼光看別處了。你是受害的。』

「那姓羅的說：『我前面的人停了，我只好停。但是我煞車燈沒有壞，你要不看別的地方就不會有事了。』

「每件事姓羅的都安排好的。他表現得很君子，就怕說凶了起反效果。

如此乾先生才能有騎士風度自認錯誤。」

果豪明承認道：「車禍的事我不太瞭解。乾福力買了輛新車向我們投保，他撞上另一輛車的車尾。從表面上看，已經理虧一籌了。然後他自己承認兩眼不在路上。當然，什麼都不必談了。」

我說：「我想和乾福力談談，直接從他那裡瞭解當時狀況。再請他複述一下，當初羅漢曼說了些什麼話。」

果豪明說：「唐諾，把這些都忘了。老天，我們是個保險公司。我們收別人保險金，保險金給我們投資又生財，目的就是付賠償金。我們每年論百萬的付出去。錢要付不出去，明年保險率就降低。給你這樣一來，好像不付給別人，錢就落入了我們的手裡似的。」

我說：「錢是另外件事，你不是也說過，這是原則問題，我們不能讓這種人得逞。」

果豪明皺眉道：「你的意思，我那麼耐心給你解釋，你還是不願放棄？」

「我還沒有準備放棄。」我說。

他臉紅生氣地看我，突然哈哈一聲短而響的笑聲之後，他說：「唐諾，我以後會一次次證明給你看，我們這一行不能有這種態度。我們要長期的僱用你們。

「我們從牧場來的報告對你很有利。你舉止很自重；你能保持在幕後，但是大家都喜歡你。顯然你懂得騎馬，但你不炫耀。老實說，你正是我們在物色的人。

「但是，你對保險賠償堅持這種態度的話，我們怎能用你呢？現在，我們一起去看乾福力，和他談談。」

「你知道他地址？」

「我正好知道他地址，也正好離此不遠，只有三分之一哩的距離。」

「我車在外面，」我說：「我們——」

「我們統統用我車子去。」果豪明命令式地說。

突然，一個骨瘦嶙嶙的女人，高顴骨，黑眼睛，大步走進房間來。

她驚奇地停下步來：「豪明，我不知道你有客人。」

她向我略瞄一眼，雙眼停在卜愛茜的臉上，從頭看到腳尖，又從腳尖看上來，像是一個女人在看另外一個競爭對象似的。

果豪明顯然已注意她的敵意和疑心，輕鬆地說：「生意上的事，親愛的，我不願意打擾你。我給你介紹，這是卜小姐，賴先生。這兩位是偵探。他們替我們一件案子在工作。」

「喔，這樣？」她說，酸溜溜地笑笑：「另外一位女偵探。」

「嚴格說來，」果豪明說：「卜小姐是賴先生的女秘書。她把賴先生從機場接到這裡來……抱歉，親愛的，但是我馬上要離開出去開個小會。我們要立即去訪問一個證人。」

「噢，我明白了。」她特別講究語調高低地說著。

我對果豪明說：「愛茜的車就在門外，我們也不必把情況弄複雜了。你帶路，我們跟著你走。見了證人後，你自己回來。」

「那樣好一點。」果說。

「賴先生，你從哪裡來？」果太太稍微緩和地問：「你們總辦公室在哪裡？」

「就在本地。」我說。

「喔，我以為豪明說你乘飛機來的。」

「我是呀。」

「從亞利桑納？」她問，酸得不能再酸。

果豪明瞥我一下，賊頭賊腦的對我眨一下。

「亞利桑納？」我茫然地說：「不是，我是從德州來。」

「他在達拉斯辦一件案子。」果豪明趕快說。

「喔。」她說，態度立即熱誠起來：「假如你們一定要走，就早點走，這樣我丈夫可以早點回來。」

她向愛茜和我輕輕一點頭，走出室外。

果豪明快快地說：「好，大家上車，你們跟我走好了。」

我們從邊門出去。

果豪明的車子在車道上，是一輛大的用皮裝飾內部，有冷氣的車子。他自顧自地上車，把車門關上。

愛茜和我走下車道，去上我們的車。

「為什麼她對亞利桑納那麼感冒？」愛茜說。

我說：「那是內心的成見。」

「你說對了。」愛茜說：「她有個理想長期飯票，但是她對他和她自己毫無自信。」

果豪明開車經過我們身旁時把車停下。

他看了一下他隨身帶的鑲皮記事本，關上車內小燈，向我們點點頭，問我們：「準備好了？」

「好了，走吧。」我說。

我開愛茜的車，一路上車子不多，沒一下就來到一個很好的公寓房子。

在門口果豪明又查看他記事本；我則看門上的名單，我說：「他住在一〇一二室。我們上去。」

「天知道他在不在家。」果豪明說：「我現在才想起應該先打電話來約個時間的。我一定是受了你影響變積極了。」

我們上樓，找到公寓，我按門鈴，門裡響起鈴聲。沒有反應。

我等了十秒鐘，又按門鈴。

「看樣子他不在。」果豪明說：「我們應該先打電話的。無論如何，唐諾，原則是不再改了，明天下午我就結束這件案子。」

走道一頭一扇門打開，一個男人走進走道，走向電梯。

我們也走向電梯。

同一公寓裡又走出另外一個男人，走在我們後面。

已到電梯的男人突然回轉身來。

在我們身後的男人說：「請跟我們進來一下。」

果豪明很快回身，我則好整以暇把自己轉身。

我以前聽到過這種講話語調。

在我們後面的人，手裡拿一個有警章的皮夾子。

「我們是警官。」他說：「請你們跟我到這裡來一下。」

「這是幹什麼？」果豪明問。

「跟我來，總不能在走廊裡聊吧。」

本來走在我們前面的男人，現在已經在我們邊上了。

他把一隻手放在果豪明臂上，一隻手在我臂上，要我們就範。

「走吧，朋友。」他說：「只一會兒就好。快點。」

走廊上一扇門打開，一個女人向外望。

手裡有警章的男人說：「少管閒事，太太。」

「怎麼回事？」那太太疑心地說：「你們在搞什麼？」

警官給她看警章。

「喔，老天。」她叫道，站在門口，下巴下垂，不知所措。

兩個便衣警官把我們押進了他們出來的那間公寓。

這公寓本來一定是空的，現在是典型的警察臨時站。

一架錄音機在桌上，另外兩個便衣坐在另外一個小桌旁，一具短波通話器在手裡。

本來隨屋出租的傢俱被推在房角，桌子是後移進來的。

我們進入房間，房門一關，一個人自臥室中出來。

是宓善樓警官，一支沒有點火的雪茄在他嘴裡。

善樓一眼看到我，做了一個倒足胃口，厭惡的感嘆。

「哈囉，小不點。」

「哈囉，善樓。」

善樓向其他便衣說：「這個傢伙是本市最會攪和的私家偵探。」

他轉回向我問：「這一次你到這裡來幹啥？」

我向果豪明點點頭。

果豪明清清嗓子，說道：「各位，請容我先來介紹我自己。」

他拿出一只名片盒，交了張名片給善樓。

「我是果豪明。」他說：「保全保險公司的董事長，也是總經理。這位是賴唐諾，這位我相信是他的秘書，卜愛茜小姐。他們在辦一件本公司有興趣的案子。他們是應我要求來拜訪乾先生的。我們有事請教他。」

「我們也是。」善樓說著，仔細地研究他的名片。

從名片上抬起頭來，善樓又說：「問你一個重要問題。你說的乾先生，不會是因為遇到了車禍，所以你有興趣吧？」

果豪明點點頭說：「是，是車禍。」

善樓看起來失望了，他說：「所以他回不來了？」

「不是這樣。」果說：「車禍發生後，他沒受傷，回來過。」

「他想要求些賠償？」善樓問。

「不是，不是。他出了一個小車禍。這件車禍目前發展的情況，使我們想比他原本報告的要多知道一點。」

「為什麼？你捉住了他什麼不對？」

「不是，乾福力是完全沒有問題的，他是我們的投保人，我們來是想要他證詞的。」

「那你們會失望了。」善樓。

「你什麼意思？」

「你想，」善樓指指我們所在的房間：「為什麼我們這些人會在這裡？」

「我不知道，」果說：「但是我要知道——一定要知道——即便自己去找你們局長，我也要知道。」

善樓猶豫了一下，說道：「好了，你們幾位來這裡的目的已經表白清楚了。我們沒有理由留住你們了。」

「等一下。」果豪明一本正經地說：「我是一個誠實的老百姓，是一個正經的付稅人。假如警方對乾福力在採取什麼行動，我希望知道，有權知道。」

「我們在等候他回來。」善樓說：「我們認為他謀殺了他太太。」

「謀殺了他太太！」果吃驚地大叫起來。

「我們相信他計劃了一次冷血的蓄意謀殺。」

「他太太在哪裡？」

「她的屍體已發現了，在我們手裡。目前尚未發佈新聞，大概還可以保密一天。我們希望在記者知道這件事之前，先找到乾福力。」

「喔！老天。」果說。

「有什麼不對？」善樓問。

「記者！」果叫道。

「有什麼不對？」善樓問。

「這件事只要漏出一點點風聲，我們的案子就不可能妥協了。」果豪明說。

他怪罪地看著我：「妥協的價格，會直線上升了。」

善樓說：「我們為偵查方便，會盡可能不使消息洩漏。但是，只要有消息，沒有不洩漏的。至少過往我的經驗如此。乾福力給他太太保了一個不少的險。」

「多少？」果豪明問。

「十萬元。」善樓說：「他投保的是他太太和他兩人互保的壽險，所謂家庭保險。所以一點也沒有引起疑心。事實上，這個概念是保險推銷員提供出來。推銷員賣出去的保險，當然不會有人生疑。」

「保險生效多久了？」果問。

「一年以上了。」善樓說：「假如沒有今天洛城警察的卓越工作，這件案子早就當常規結案了。姓乾的把太太除去，自己又撈了一票走路了。」

果豪明對我說：「我們的鴨子飛了，唐諾。」

「還沒有。」我說：「案子還在，只不過缺少姓乾的證詞而已。」

善樓諷刺地說：「天才兒童發言，他不知道實際發生了什麼事，但是他叫得比誰都凶。」

果說：「實際上是怎麼的呢？」

善樓說：「相當久了，姓乾的和他太太處得不好，常有爭吵。乾太太決定去舊金山，告訴乾先生她再也不回來了。他們大吵一場。乾太太整理行裝，下樓把行李裝在她自己的車裡。姓乾的太生氣了，都懶得幫她忙，只是站著看她。別的公寓的人有看到這件事的，都覺得他不對。」

善樓嘆口氣繼續道：「她把東西裝好，跳進車裡，開始發動引擎。

「發動不起來。

「正好那天早上姓乾的把他的車子送進車廠去修了，自己租了一輛車在開。乾太太要取那輛租來的車，他不同意，乾太太就到一個租車公司，租了一輛車，約好在舊金山歸還。

「她約好修車廠來，把她的車拿去修，說她會飛回來拿車。她對姓乾的太生氣了，把這些事做好，她就開了租來的車上路去舊金山了。這些我們知道的都有證明。

「第二天，姓乾的把他租來的車送還，去拿他自己在修的車。

「他送還租來的車子時，租車公司查驗他送還的車，發現有兩處車漆脫落，表示他曾撞到過什麼東西。

「起先姓乾的不承認撞到過東西。之後他記起，也許他去鄉下拜訪一個朋友的時候，擦到了他的門柱。他說擦得很輕，他幾乎沒注意到。

「故事雖好，但是車行查車的是專家。車頭燈碎下了小小一塊三角形玻璃，一塊車漆被擦去。查車的人認為這輛車擦著一輛停著的汽車了。查車的把這情況告訴姓乾的，指示姓乾的反正有保險，但姓乾的堅持不肯申報保險給付，但是突然想起說他的車曾停在外面，可能給別的車擦到了。

「損失不重，租車的也就算了。

「但是乾太太應該在舊金山還車的日子過了，沒有見到她出現。四、五天之後，租車公司沉不住氣了。他們來看姓乾的，姓乾的老實告訴他們，她離開後，他沒見到過她。而且說她的死活與他無關。他說他們結婚後，她有過兩、三次出牆。他自己當然不是聖人，但太太要求同等待遇。甚而她要求自己自由，而給她先生限制多多。所以姓乾的難得有他太太不再管他的機會，再也不希望太太回來。

「姓乾的告訴租車公司，租車合約是他太太簽的，他們公司愛怎麼辦就怎麼辦。

「姓乾的又說他有一次旅行式的生意出差，可能要三、四星期才能回來，請租車公司不必再來找他。」

果豪明平靜地說：「我也知道他要出差。只是認為他已回來了。」

「你知道他現在在哪裡嗎？」善樓問。

「他向西旅行，俄勒岡、華盛頓、蒙大拿、愛達荷。」

「你沒有他的行程吧？」善樓問。

「沒有，我們沒有。你要知道，他在別處出了個小車禍，他向我們提出報告，給我們一個陳述書，我們問他有事的話近日在哪裡可以聯絡。他坦白告訴我們，他有家庭糾紛，他要離開一段時間。他說他太太已經離開，可能會打官司離婚。他說他不在乎。」

善樓一面表示警方的能幹，一面有點天網恢恢地說：「本來這件事也做得天衣無縫的，但後來那輛失蹤的租車從彎曲山路摔進塔哈巧比坡的底下，被人發現了。摔到坡下本來也無所謂，無巧不巧這輛車又燒了起來。

「車被發現的時候，這位太太的屍體已相當腐爛了。要不是先經大火燒一下，一定爛得什麼線索都沒有了。

「我們把屍體解剖了。乾太太屍體告訴我們她在火燒之前已經死亡。法醫認為乾太太死亡至少幾小時之後，才被火燒到的，甚至比幾小時更久，但絕不會少於幾小時。

「這仍還沒引起太多疑慮，只是讓我們有足夠理由扣留姓乾的租過的那輛車。車行已經把車燈玻璃換過了，刮痕也漆過了。我們去乾太太的車必然從那裡翻下去的路上，一吋一吋的搜索。

我們找到一塊車頭燈上碰下來的小玻璃。我們認為這是從姓乾的租來的那輛車上撞下來的，但是這件事證明的時候會有一點困難，因為車頭燈已經換新了。至少經專家檢定，我們找到的一塊玻璃，是來自姓乾的曾經租過的那種車子的車頭燈。

「就在我們找到這塊小玻璃的地方，我們找到車輪的印跡，在路邊、路肩，到沒有鋪路面的泥地。

「不管車跡是什麼時候留下的，這些車跡太明顯，太精采了。像個活人，會講故事。

「乾太太是走塔哈巧比坡去舊金山，走到彎路時，被另一輛車強迫擠出路面，失去控制。出事的地方前面是一個陡坡，斜下去好幾百呎，然後是較不陡的斜地，再向前半哩就直落塔哈巧比坡下去了。

「乾太太被逼翻車下坡，但顯然在幾百呎陡坡上還能勉力控制。雖然她可能已經嚴重受傷，但是車子還是停住在一塊大石頭前。上面，她丈夫鎮靜地把車停下，找了一件重的金屬兇器，多半是千斤頂的柄，離開車子，步行到他太太車子停住的地方，伸手進車窗，打她的頭直到打死為止。然後耽誤了很多時間，以決定下一步棋該怎麼走。

「最後，他決定把這些證據用火來消滅，所以他把煞車放掉，用了很多力氣，使車滑下坡。這次就衝出斜坡到了坡底。姓乾的自己也下了坡底，把汽油澆在車上，縱火。

「他沒注意的一件錯誤，使他前功盡棄。」

「是什麼？」果豪明問。我注意到他語氣中有一點疑慮。

「油箱蓋子沒有蓋回去。」善樓說：「他把油箱蓋子從油箱上旋下來，用一塊破布把汽油吸上來，再把汽油擠在翻下的車子車體上。他擦支火柴，自己逃走。他等候很久，要確定油箱中的油也起火了。但是他犯了一個大錯，忘記把油箱蓋子在火熄之後蓋回去。

「一旦我們發現了其中有陰謀，我們回去找到車子連翻幾下，最後滑一段路，停住的坡上。我們見到有人到過那裡，把附近石塊搬動，又用鐵棒擺動車輪使它直指下山的方向。在山坡底下，汽車最後被焚的位置，我們找到更多腳印，證明有人縱火。

「火燒要是在晚上發生的，一定會吸引不少過路駕駛人注意而報警。所以，我們可以確定火燒是在白天發生的。但是乾太太是四點三十分離家的。她有幾個朋友要見，在聖般納多。我們也去那裡查了。發現她六點多一點到，在那裡用的晚餐，九點鐘離開，選定經塔哈巧比坡去貝克非。很多朋友留她過夜，明天再走，她說她喜歡夜間開車。

「她告訴她朋友，她和她丈夫的感情已破裂。她已完全不再關心她丈夫，她有一個男人可以比她丈夫更愛她。這個男人名字我們無法問出，好像是個牛仔。」

「大概發生的就都說過了。」善樓一口氣說了那麼多，下結論又說：「我們怕姓乾的知道我們有他那麼多證據，會畏罪開溜。一旦開溜，再找就十分困難了。這就是為什麼我們在這裡守的原因。我們要問他，他租來的車是在哪裡撞壞的，是撞在哪一根門柱上，或是停在哪個停車位置被撞的。我們要錄音下來，使他不能改供。」

果豪明不太熱中地說：「嗯，一大堆環境證據，滿動人的。」

「謝謝。」善樓說：「全是我親手收集——加上一點肯恩郡行政司法長官辦公室的協助。」

「但是，」果豪明說：「這下子把我們害苦了。我們一定要在原告知道乾先生牽涉進這樣一件謀殺案之前，和他和解妥協了。」

他用譴責的目光看向我，他說：「賴，今天這件事之後，你再也不要低估我經驗的重要性。我告訴你我有預感，這件事早了早好。這一行我幹太久了，我的預感錯不了。」

他又轉向善樓：「我能走了嗎？」

善樓說：「當然，我一看你就知道你是好人。我相信你。」

「當然可以相信我。」果說。

「我呢？」我問。

善樓生氣地說：「我相信你——一定是在裡面亂攪和。」

「卜愛茜怎麼樣？」我問：「你準備怎麼處置她，逮捕她？」

善樓抓抓他腦後的頭髮，把雪茄在嘴裡換兩個方向，長嘆一聲說：「好吧，你們三個都可以走了。走得遠遠的，千萬別再想要找乾福力，把這件事留給我們警方來幹。」

「至於這個小不點，」他轉向關照果豪明：「不要再叫他去找乾福力，把他和乾福力的案子脫離關係。那個被姓乾的小子撞到的人姓什麼？」

「羅漢曼，住在達拉斯。」

「好吧，說不定我會查查車禍報告。」善樓說。

「歡迎你來查我們的檔案。我們對警方的合作，是無微不至的。」

善樓說：「剛才我對你說的一切是機密的。至少明天，或是後天，報上才會登出來。在此之前，我們希望能找到姓乾的。我們不要他知道，我們已有了那麼許多證據。我們還要讓他開口講話。他講得越多，我們逮住他尾巴的機會也更多。」

「這一點我知道。」果豪明說：「警察這一套我瞭解。事實上，我們應付裝假病的人，也是如此的。」

「好，」善樓說：「抱歉我部下把你們拖進來，但這也是公事。我們必須把每一個來訪乾福力的過濾，尤其是其中還有女人在內的。

「我們不希望有人告訴他消息。你當然知道，萬一他請了一個『好』律師，只要時間充分，這些狡猾的律師什麼花樣都想得出的。」

「我知道，我知道。」果豪明由衷的說道：「警官，相信我，我們有相同的困難。」

他們兩個人握手。

善樓沒有和我握手。

卜愛茜、果豪明和我乘電梯下樓。

果豪明鄭重地對我說：「唐諾，假如你們公司想在保險界代表我們來工作的話，你和警方的關係必須好好改善一下才行。」

「我會記住這一點。」我告訴他。

「這樣一來，」果豪明說：「我會在明天下午派個代表去牧場。明天早上飛機下去。他會帶支票去，立即成交。也許已經要花大價錢了，但是值得的……我真希望這件事今天已經辦好。這件事我有預感。」

我說：「我們還是沒有聽到乾福力對這件案子的說法。」

「沒有必要了。」他簡短地說。

事到如此，我只能做一件事——不吭氣。

「我現在回家。」果豪明說：「這件案子，你算工作完畢了，賴。從現在起，我自己接手——另外有件事，萬一你有機會再見到我太太，牧場的事一個字也不要提。她對這件事有成見。」

這時，我只有兩件事可以說。

「謝謝，再見。」

# 第七章 動機

卜愛茜說：「我覺得果豪明這個人討厭極了。他一點也不懂得感激。他不知道你做的一切是為了替他省錢。」

我說：「想開點，愛茜。這傢伙是保險公司的負責人，是他出錢請我們工作。他有權要我們照他意思做事。」

「你認為羅漢曼是在裝病，是不是？」愛茜問。

我仔細考慮這個問題，慢慢地答道：「目前我還不預備這樣說。我覺得每個人背後都有自己做假的一面，他們都在做戲。

「我感覺到羅漢曼可能聰明到了極點，他嗅出這件獎品——兩個禮拜假期——是一個陷阱。我感覺這個護士——杜美麗——提供了他幾張X光照片，以供後用。我更有個感覺，假如果豪明今天急急的想要妥協，會撞上一個大釘子。

「我們目前已沒有什麼可以進行了。我想明早去看杜美麗的男朋友藍畝丹，不知從他那裡能不能找點頭緒出來。

「像我這種人，發現一個可能是裝假病騙保險的嫌犯，又發現這嫌犯和一個護士偷偷會面，我怎會肯停止調查，不去弄個水落石出呢。

「但是我主要要查下去的目的，現在轉移成對付乾福力了。我不願意說我想幫助乾福力，是因為宓警官吃定了他。宓警官有個毛病，他收集了一半資料後，腦子裡就有了一個犯人。從此後，要不是收集來的資料都向他身上湊，就是為了證明他是犯人而專去找對他不利的資料。不夠客觀，正是今日警察的大忌。他腦中沒有『無辜』兩個字。」

愛茜說：「你不能否認，環境證據對他不利。」

「沒錯，」我告訴她：「但是大家都還沒機會聽聽乾福力怎樣說。善樓想做件案子出來，每一點資料都向他挑出來的嫌犯裝上去。除此之外的證據，他都不重視。」

「但是，你怎麼解釋，推她下坡的車子，是乾福力在開的車子呢？」她問。

「等等，你怎麼知道車子是乾福力在開？」

「這——這車頭燈的玻璃，和——」

「你只能說，推乾太太下坡的車，可能是當時租給乾福力的車。你不能說乾福力在開車。」她想了一想，無力地說：「經你一說，證據也只能證明到你說的程度。」

我說：「果豪明處理本案的手法，不是依據我們調查羅漢曼的結果，而是因為乾福力損失了支持保險公司的能力。所以不必再去管羅漢曼是不是真病，也不必管羅漢曼、護士和失蹤的X光片等等內情。」

「唐諾，我覺得你推理得很——嗯，很好的推理。」

我說：「再看看他們認為乾福力犯的罪。他應該是跟了他的太太去聖般納多，又跟了去塔哈巧比坡，在一個特定的地點，把她的車擠下坡去。發現車子滾下去她沒有死，他把車停好，拿一件鐵器，下坡完成謀殺，等了相當久，才決定再把車推下坡去。做完這些事，他等候到大白天，縱火燒這輛車。

「調查罪案，動機十分重要。在我看來，人做任何事都有他的動機。善樓說姓乾的謀殺他太太為的是保險費。

「只要他太太死了，就沒有理由再把車子推到坡下，掉進山谷裡去。一旦車子和太太都進入了山谷，就沒有理由等上幾個小時，或是再回到現場來把車子燒掉。

「我不是被人請來為乾福力辯護，對付宓善樓的。我不必管這檔子事，我只是被請來研究羅漢曼這件案子有沒有漏洞的。」

「唐諾，你至少說服我了。」她說，伸過手來擠了我手臂一下。

我說：「你把我公寓準備好了嗎？」

「有一間空的。」她說著把頭向下一低：「在同一樓上。公寓經理真的很幫忙。」

「好吧，」我說：「我餓得想吃飯了。既然我們有開支款好報銷！——」

「喔！唐諾，發生了這種事之後，果先生不會同意我們開他帳去吃飯的。」

「假如果先生只看到帳單上列『誤餐』，他會付的。」

「大概吧。」

我說：「今天一天除了兩杯牛奶外，我什麼都還未進口，是該餓了。」

「好可憐。」她說。

「所以你只好幫我一起花這『誤餐』費了。」

「是的。」她神經質地笑道。

我問：「房租怎麼付？」

她有一點忸怩：「經理說記在我帳上一起付，不會太多錢的。」

「那我怎麼報帳呢？」

「不必了，唐諾。由我付一次好了……我也希望有一次請請你的客。」

「這件事白莎不知道吧？」

「什麼也不知道。」她說：「唐諾，絕對不能給別人知道有這件事。萬一他們——白莎一直在好奇，她認為我工作不力是因為我——我的意思，我本來應該——」

「我懂，」我說：「白莎是有神經病的，假如她知道了我住進一個和你同一房子、同一樓的公寓——等一下，那公寓在同一樓的什麼地方？」

「正對門，當中隔個走道。」她說。

「不行。」我說：「絕對不能給白莎知道。」

帶了這一層互識，我們一起去用餐。

# 第八章　出走的病人

藍畝丹，寬肩有力的巨大個子，大概二十八、九歲，我走進他店去的時候，他正在修電視。「有一件私人的事，我想和你談談。」我說。

他轉身瞄著我問：「什麼私人的事？」

「我在對一個叫杜美麗的女護士做安全調查。」

畝丹像隻木雞一樣站著。

「不過是一種常規工作。」我補充著說：「我要查查她的背景、她的習性和可靠程度。」

「為什麼找我呢？」

「我知道你認識她。認識她的我都要問。問不出我要的資料，我就去問她僱主。」

「什麼是你要的資料？」

「她的安全程度高不高。」

「為什麼要查她的安全程度呢？」

「我們國家有好幾種安全程度。」我說。

「她為什麼要被調查任何一種呢？」

「他們付我錢，叫我問問題，不是叫我回答問題。」

「那就去你的。」他說：「你甚至姓什麼還沒告訴我。」

我向他笑笑說：「這是另外一件事，我正式代號是S三十五。」

「好，S三十五。」他說：「我給你五秒鐘，你自己走出去，不然我就幫你的忙。」

「我自己走，」我說：「打擾你真抱歉。通常除非必要，我們這種人不去找調查對象的僱主。有的僱主看到有人在調查他僱員的安全度，會緊張起來，這對我們的對象不利。」

「等一下，等一下，」他說：「你不會跑去她僱主那裡亂發問題吧，你這個時間去等於判她死刑。」

「為什麼等於判她死刑？」

「因為美麗有她自己的困難。」

「那你最好能幫我的忙。」我告訴他。

「我不願意做傳聲筒，亂講女孩子的謠言。」

我一本正經地說：「誰要什麼謠言。我只要知道她的個性、行為。她現在在哪裡？你知道嗎？」

「我不知道，她休幾週的假。他們——他們給她留職停薪。」

「她是個護士？」

「是的。」

「正式護士？」

「是的。」

「沒有錯？」

「絕對的。」

「醫院裡發生什麼了？否則怎麼會留職停薪呢？」

「給你說對了。」藍畝丹說：「一個督導在找她麻煩。她沒有做什麼，但是受到了處罰。」

「為什麼？」

「有一、兩次X光照片不見了，徹底檢查又再發現不見了幾張。其實每個醫院，隨時都有這種事發生。很多人借借還還，尤其是醫生，都是出名的隨便。」

「他們怪美麗？」我問。

「他們怪美麗，其實只是借題發揮。然後又發生了病人自己走掉的事，他們要美麗賠醫藥費。」

「病人自己有腳，他要走掉，關她什麼事？」

「不是個男病人，是個女病人。這種事每個醫院，過不太久都會發生的。有的病人快好了，知道出院的時候要付的費用可觀，就假裝沒有完全復元。到了半夜，他爬起來，穿好衣服，就溜了出去。」

「可以這樣做嗎？我認為夜班護士坐在護士站上——」

「當然溜得出來，假如他們知道醫院內情。有的時候夜班護士要查房，要做治療，每個醫院通路不同，但都很複雜。也可以按別人的鈴調開護士的監視，或是從急診室人最多的地方進出。」

「這個病人從哪裡走的？」

「要不是這個晚娘面孔的督導，和X光片的事在前作祟，跑掉一個病人也沒那麼嚴重。督導不過藉這個機會要開除美麗而已。

「實際上，我認為那督導才該負這一切責任，X光片等等，她只是找一個替死的而已。

「反正，他們下決心要美麗賠這走掉病人的醫藥費。這要三百元，絕不是美麗負擔得起的。

「她有一個生病的母親要扶養。我告訴她，我願意擔保她這筆錢一定還清，但她認為這是原則問題，她一毛錢也不願付。她說她要付了錢就等於認了帳，連X光片的事也拉在身上，那個晚娘臉督導更有話說了。」

「病人出走的事，並不少見嗎？」我問。

「當然，有過好多次。」

「這次出走的是什麼人？」

「是個職業的女騙子。她年輕，三十歲左右，最後證明什麼親人也沒有，離過婚，男朋友已斷絕往來。她是準備出院的，突然又病重起來，實際上是她裝出來的。到了晚上，她爬起來，從衣櫃拿出衣服換上，溜掉了。這留下來兩百七十八元的醫藥費，他們要美麗負責。這下使美麗崩潰了。這本來是註冊科的不對。交保證金，對保證人，不要使病人積欠太多錢都是他們的事。這個女的是個專家，她有一張空頭支票押在註冊科。

「所以，你知道，這裡面本已弄得亂糟糟，要是你再在這個時候去做什麼安全調查……」

「你知道美麗現在在哪裡嗎？」

「有點知道。」

「哪裡？」

「除非必要，」他說：「否則我不願意告訴你。我不希望有人打擾她。」

我把整個局面想了一想說：「我想你的立場是對的。希望你瞭解，藍先生，我們這機構堅持要可靠、可信的消息，但是絕對不願打擾別人。

「現在，我這裡另外有一個人名。我們的人不能確定你認不認識他，但是他們也在查他。羅漢曼，你認識嗎？」

「羅漢——羅漢門？」

「羅漢曼。」

藍畝丹搖搖頭說：「從來沒聽說過。」

「是個什麼產品代理，旅行得很多。」

畝丹又搖搖頭。

我又問了他四、五個隨便選的名字，都是他絕不會認識的人名。藍畝丹搖搖頭。

我說：「奇怪了。照這樣說來，杜美麗的名字是誤列到這張名單上去的。請你保密，不要告訴任何人我來看過你。」

「我不會對別人說的。」他敵意地說：「你小子當心了，不能把我剛才告訴你的在外面當笑話講，傷害她的名譽。」

我向他笑道：「我再告訴你一次，我的工作是收集資料，絕不分送。藍先生，謝謝你。」

我突然轉身向外走去。快到門口我回頭看看，見到他一臉不知所措的表情，愣在那裡，這次更像隻木雞。

他的店生意不錯，一大堆電視在等修，他回身修他的電視機。

# 第九章 哈督導選的替死鬼

要想令白莎這種女人有驚訝的表情，還不是件容易的事。當我沒有先經通知，突然走進她辦公室的時候，她驚訝，然後暴怒。

「你回來幹什麼？」她問。

「我被當了。」我說。

「什麼意思？」

「玩炸了。」

「少給我來你們年輕人這一套新成語。」她說：「在我年輕的時候，偷開保險箱的人硝化甘油放多了，連保險箱裡的珠寶都炸粉碎了，叫做玩炸了。」

「就是這意思，」我說：「我把硝化甘油放多了，玉石俱焚，玩炸了。」

「怎麼回事？」

我說：「果豪明急著要和羅漢曼妥協。我勸住他不要，告訴他羅漢曼是騙子。現在，由於我無法控制的原因，妥協費用抬高了。」

「果豪明要怪你？」

「他至少對我失望。」

「唐諾，你混蛋。」她說：「你就這些不好。你他媽聰明，但是你自負得很。你純粹憑狗運和動作快，從夾縫中逃掉了幾次，弄了點進帳，並不表示世界上只有你一個人行。」

「不是世界上只有我一個人行。」我說：「目前我見到的一個比一個都比我聰明。萬一果豪明打電話來找我，你告訴他不知道我在哪裡。」

「我不能這樣告訴他。」白莎說：「我——」

「誰說不能。」我告訴她：「我根本不讓你知道我去哪裡了。你除了告訴他你不知道我在哪裡，還能說什麼。」

「你回辦公室來幹什麼？」她問。

「我來拿我們的照相機。」我說：「我要照幾張車禍現場的相。」

「你的意思你還要去德州？車禍現場？現場什麼都沒有了。據我知道現在是一條普通的街道，車禍早就沒啦。」

「我沒有說拍車禍的相片。我說拍車禍現場，也就是發生車禍場地的照片。而且我們不是在說同一個車禍。」

我走出來，回到自己的辦公室。卜愛茜困擾地看我。

「唐諾，她怎麼樣？」

「目前她在發愣，過不多久她會跳腳的。我還是早點溜。你該祝我好運。」

卜愛茜的嘴和眼都笑了。「祝你好運，唐諾。」她溫柔地說。

我拿起照相機和幾卷底片，開車來到保安公寓，按二八三室的門。

一個相當漂亮的年輕女郎，二十八、九歲，出來開門，有趣地看著我。

「喔，哈囉！」她說：「像你這種推銷員我們這裡還不多見哩。千萬別告訴我你在大學唸書，兼差推銷雜誌。」

她挑釁地笑著。

「通常你都見到什麼樣的推銷員呢？」我輕鬆地問，以附和她不拘禮的嘲弄。

「老年失業的人，為了賺取佣金，做逐戶的推銷。我很同情他們，但是我不能因為同情而買東西，否則早就破產了。」

「我能進來嗎？」我問。

「你想進來？」

「是的。」

「那就進來吧。」

她把門開得直直的，請我進去。

公寓比我想像的要大得多。有一個舒服、傢俱很好的起居室。每邊有一扇門，是通向兩個臥室的。底下有個廚房。顯然每個臥室都有自己的套房。

「發表你推銷辭之前，你要坐下來嗎？」她問。

「我一定要發表推銷辭嗎？」

她眼光冷冷，但是臉上有笑容：「所有的推銷員都有推銷辭呀。」

「我不在推銷東西呀。」我告訴她：「我只是不想太拘禮而已。」

「對什麼事拘禮不拘禮呀？」

「對一個人，一個叫杜美麗的人，一個應該住在這裡的護士。她在家嗎？」

「我就是杜小姐。」她說：「你問什麼問題我都回答你。你有什麼貴幹呀？」

我說：「別人形容給我聽的杜小姐，完全不是你這個樣子。我認為你是杜小姐的室友，尹瑟芬小姐。」

她笑著說：「我總是試了一下。成事在天，不怪我。我在盡可能保護杜美麗。我認為假如我代替她回答問題，可以免得別人打擾她。你說吧，怎麼回事？」

「只是一般的查詢。」我說。

「查什麼呢？」

「我要查詢一下她的背景，和她的信譽。」

「你叫什麼名字？」

「我有一個號碼，」我說：「S三十五。」

她的臉突然拉長，變成很小心。「你在政府哪個部門？」

我說：「目前情況不容我表明身分，除了S三十五以外。」

「你到底……『是或不是』在——一個政府機構工作？」她堅持地問：

「朋友，這個問題你得回答是或不是。我相信你。」

我說：「我不是在屬於政府的機構工作。」

「你是一個調查員？」

「是的。」

「一個私家偵探？」

「是的。」

她伸出她的手：「給我看。」

「你的證明文件。」

我搖我的頭說：「你不介意的話，你讓我保持S三十五號好了。」

「我介意的。」她說：「你要想知道杜美麗的事，唯一的方法是把牌都放桌子上，對我坦白——否則，我會走到電話前，打一個長途電話給美麗，告訴她有一個私家偵探在挖她的底。」

「這是你反正要做的事。」我說。

「也許，」她說：「但是我絕不是不懂事的小孩。」

我拿出我的皮夾，給她看我的證件。

「賴唐諾，」她說：「名字很響亮。你想知道什麼，唐諾？」

我說：「我特別想知道美麗在醫院裡發生了什麼困擾。是不是她的過失？」

「是不是她的過失！」她重複我的問題，聲音變得很響：「是那個姓哈的老處女的過失。那個該死晚娘臉的督導上班以來，什麼事都沒做，只會找美麗的麻煩。」

「最近變本加厲，指控美麗偷了X光片子。她都快把美麗逼瘋了。」

「X光片子是怎麼回事？」

「那督導不敢為X光片子對她怎麼樣的。但是後來病人走掉的事給了督導一個藉口。」瑟芬說：「病人走掉是提供了督導一個整她的好機會。

「老實說，病人走掉美麗是有部分過失的，病人走掉我們每個人當班的時候都有過——不是每個人，大部分人吧。我當班的時候就溜掉過一個。我知道另一位護士也有過這種經驗。

「賴唐諾，我告訴你。假如正門值班的靈巧一點的話，我們的病人是溜不出去的。正門的夜間值日通常分別得出醫院員工、奉准陪客，還是病人想溜出去。」

「這一次發生什麼了呢？」我問。

「一個很會講好話的女人編了個令人同情的故事，交了張空頭支票就住進了醫院。假如是外科病人會好一點，開完刀哪裡也去不了。這一個自己說病重一點了，其實是已經快好了。

「在我手裡跑掉的還是個外科病人，這樣對他們自己危險一點。」

我問：「X光片怎麼回事？」

「沒什麼了不起。」瑟芬說：「幾張X光片子找不到有什麼大驚小怪。管X光檔案的人把片子借出去都有記錄。但這個管檔案的是姓哈的老處女的好朋友，所以沒人肯說她，都推到美麗頭上來。

「醫生拿X光片，一拿一大堆，有的時候根本懶得簽借條。也許是醫生把片子弄混的。反正，這一次醫生拿X光片要給病人看，發現不是這個病人的片子，裝在這個病人的片袋裡，而這個病人的片子不見了。於是又怪在美麗頭上。我聽了都生氣。」

「預備怎樣應付這件事呢？」我問。

「不知道，」她說：「有的時候，我真想跑去把老處女頭打爛，一了百了。」

「你們兩個在同一家醫院工作嗎？」我問。

「我只做特別護士。」她說。

「白班還是晚班？」

「都做。」

「會相當忙？」

「一陣一陣的。」

「美麗有個生病的母親，是嗎？」

「沒有錯，她把母親放在療養院裡。費用相當大，把她幾乎吸乾了。但是也沒有其他更好方法，美麗目前是為她媽媽活著的。

「當然，療養院知道她是護士，對她媽媽招呼好，而且已經打了折扣。但是她媽媽最近又需動個大手術，美麗又要存錢了。這也是為什麼老處女吃定了她的原因。老處女知道她不會隨便辭職。」

「好了。我要知道的你都告訴我了。謝謝你。」我說。

我站起來，準備走路。

瑟芬走過來，站我身旁。「唐諾，」她說：「你真正的目的是什麼？」

「你什麼意思？」

「什麼人有興趣出錢，聘私家偵探來調查美麗？」

「我說過，這是常規調查呀。」我說。

「你的僱主是誰？」

「老天，」我說：「公司裡業務接洽不是我的事。我的合夥人和客戶聯絡，我只管在外面跑。」

「你也可能是替姓哈的老處女工作，是嗎？」

「不知道，也有可能。」我告訴她。

她噘起小嘴，假怒道：「唐諾，我對你很好，你對我一點也不好。」向前一步，她又搖一搖上身說：「告訴我嘛，唐諾。」

「告訴你什麼？」

「誰是你的『客戶』？你為什麼來調查？」

我說：「你在迫我背棄職業道德，你在用『性』引誘我做不能做的事。」

她雙眼對我直視，說道：「我還沒有真用哩。」

我說：「你已經使我抵抗力薄弱了。」

她把手放我肩頭，身體已經快碰到我的了。「唐諾，告訴我，美麗是不是會有什麼麻煩？」

我說：「假如她沒有做錯什麼事，誰又能把她怎麼樣？」

「我只是不太信得過這個姓哈的老處女。我感覺得到醫院裡有什麼事不對勁。那個姓哈的是主要原因，美麗是她選出來的替死鬼。」

「放心。」我告訴她：「我只做公正的報告。」

「唐諾，幫我一個忙。」

「什麼忙？」

「等事情一切過去了，請你告訴我真相。」

「也許。」

「唐諾，是真的……我很關心……非常非常關心，我會感激你的，唐諾。」

「我會盡力的。」我答允她，離開她公寓。

尹瑟芬站在門口，看我走下走廊。等我到了電梯口，她給我一個飛吻，回進公寓，輕輕把門關上。

我打電話回辦公室，找到卜愛茜。

「愛茜，」我說：「打個電話給孤崗山休閒牧場的費桃蕾。問她，從現在開始，到你打電話給她為止，有沒有人打長途電話給美麗。

「打給費桃蕾最好時間是兩點鐘；午餐完了，大家在午睡。那時候她最空。

「告訴桃蕾你是什麼人，說是我叫你打的電話，說我不久會見到她，說要絕對保密有人問過電話的事。」

「馬上辦，」愛茜說：「你要去哪裡？」

「我現在去塔哈巧比坡。」我說：「下午晚一點可以回來。」

# 第十章　環境證據

我帶了照相機和底片，開車來到塔哈巧比坡。

要找這個出事地點並不困難。警方已經把翻下的車吊起來了。由於翻下的車，輪胎都已燒離車輪，所以地上留下很多明顯的車轍。也由於如此，要想看到原本意外是怎麼發生的，已絕不可能。車跡早亂得無法辨認。

我上了坡，沿了彎路開車，到了一個我認為乾太太的車被擠出路旁的地點。車跡顯示，有輛車車頭著地，豎裡打翻地自坡上下去，下去了兩百碼左右，被一塊大岩石阻擋停住。岩石四周有破碎的玻璃屑，岩石上有汽車車體上擦下的油漆。

觀察車跡，發現很清楚的，有人希望翻下停住的車更往下摔遠一點，有明顯的跡象顯示有人拿東西把車尾部撬起，推動，使車繞過岩石更向下坡滑去。

這次車子直直的一路遠遠溜下去。

全景是個十分陡峻的陡坡，車子一直下去，下去，好遠，好遠，然後，到了坡的盡頭，落進五、六十呎下的山谷。

警察已經作過地毯式檢查了。隨便一看，香菸屁股和用過的閃光燈泡丟得到處都是。穿了靴子的腳印閏著岩石轉，又跟著車跡走到車子翻下坡去的坡邊上。

我花了十分鐘時間，從多石的小徑慢慢從有公路的坡頂爬下去，一直到汽車最後被燒燬的地方。

警察顯然是用絞盤放在出事車直接上面的山坡上，硬把燒燬的車子先拉上坡，沿著陡坡一路向上拖，拖到合宜地點，再用起重機自下向上吊，再推到公路上等著的大卡車旁，吊上卡車，運走。車被立即移走，當然是因為警方認為裡面還有值得做證據或是需檢查的因素存在。

把一輛車從那麼高的地方吊上來，需要很多鋼纜和經驗，還要租用極強動力的吊車，要花不少錢。這一點更證明警方要這輛車——或是車裡的東西。

車子翻離路面的地方，是這座泥山的最高點，這一邊的坡很陡，約為四十五度左右。斜坡上有很多大小石塊，但大部分是乾草和山艾樹覆蓋的乾土地。

過了翻車的地點後，公路蜿蜒向下，有一個地方一直後退到山谷的最裡面，又沿著山脊轉出來。由我站的地方看向前，山谷的底是沙土積成的河床。我也看得到公路一路下行出谷——從我這裡看過去隔了個河床。但是公路有一處最接近沙土河床的在一哩半之外，兩者相距只兩、三百呎。

我仔細地觀察地形，開始走下乾的沙土河床，要想到山谷口看看。河床兩側不怎樣陡峭，警察下谷也只是到此為止，因為再向前就沒有腳印了。

兩側有石坡像是以前的河堤。不是很高，但是石與石之間都是山艾樹叢，很難下腳。我就如此有一步、沒一步地走了數百碼。

最後我到了一個沙地，又看到了足跡。

足跡不是新鮮的，已是很久的了，但看得仍很明顯。是一個穿鞋的男人腳印。由於河床的沙又粗、又乾，我看得出腳印，但沒有辦法比對特徵。

沿了沙土的河床再下去半哩，有人拋棄了小半支吸過的雪茄。我用小刀的刀尖把雪茄屁股挑起來，放進一個我帶來的信封。跟著足跡，沿了河床下去。有人丟過一塊小石頭來，落在我的身側腳前。

我抬頭上望。

宓善樓警官和另一位便衣男人自河床堤斜坡上下來。

「別動，小不點。」善樓說。

我站定。

男人先走到我前面，給我看證件，他是肯恩郡行政司法長官辦公室的副長。他五十歲，個子很肥重。

善樓用大拇指一指，對我說：「這位是韋傑民，肯恩郡的。你，告訴我，你來幹什麼？」

「看看刑案現場。」我說。

「什麼目的?」

「研究一下。」

「研究什麼?」

「研究你的結論。」

「我告訴過你,滾得遠遠的。」善樓說:「我們不要你來湊熱鬧。」

「我覺得尚有問題。」我告訴他。

「你又有什麼高見了?」

我說:「你有沒有見到,從車子燒掉的地方開始,有腳印沿河床一直到這裡來?」

「又如何?」

我說:「有人沿峽邊石地走,走到他認為安全,別人不會再查腳印的地方,就爬下河床來,沿河床走。」

「你笨蛋!」善樓說:「乾福力用車子,在那邊山頂上把他太太的車子擠下來。他把自己車子停在這個上面。燒掉他太太車子後，原路爬上去，開了他車子回去。這是鐵定的了，我們不必再辯的事實了。」

我問：「照你這樣說，是什麼人從上面走到這裡來呢？」

「我不知道，也不關我屁事。」善樓說：「我只知道警方已遍佈陷阱，只等乾福力走進來歸案。而你在從東到西亂搗我們的陷阱。我們受不了你這一手。我們要把你翅膀剪掉，看你怎麼再飛。信封裡什麼？」

「一百碼之前，我撿到的一個雪茄菸頭。是抽了大一半拋掉的，也許你能從上面查一下唾液，也許會有指印——」

善樓一把搶過信封，打開看看，嗤之以鼻道：「嘿，你和你該死的推理！」

他把雪茄菸尾向地上一摔。

我說：「你會後悔的，善樓。」

韋傑民做和事佬說：「賴，你對這件事假如真有興趣，為什麼不把知道的都說出來，我們坦誠相見。」

「我來告訴你，」我說：「乾福力出了個車禍，是他的不對。受傷的對方，要是知道乾福力被通緝，不能出庭，會向保險公司要求一個天文數字的賠償。

「假如乾福力真的謀殺了他太太，倒也罷了。假如他沒有，就不該讓保險公司受無妄之災。我希望在保險公司和受傷者妥協前，把這件事弄清楚。

「目前來說，你們只有環境證據。環境證據對乾福力不利。我也希望知道你們到底還有什麼真正的證據。

「當然，評估環境證據，主要是確實已經收集到所有的環境證據。」

韋傑民點點頭。

善樓說：「傑民，千萬別把他當真，你多聽這傢伙講幾次話，你會相信根本沒有什麼燒焦的屍體，沒有掉下來的汽車，沒有任何證據。」

我說：「乾福力因生意出差，沒有通知別人他去哪裡，誰也不知道這是不是他一貫的習慣。你們在他租過的車上找到刮掉了一點漆，破了一塊車頭燈玻璃，算是證據。如此而已，再也沒有別的了。」

「說下去，」傑民說：「你有什麼推理，我們想聽聽。」

我說：「你們從上面下谷來，看過那輛燒掉的車，是嗎？」

「是的。」

「但是，」我說：「因為腳印沒有了，你們沒有走到都是沙的河床來？」

「也對。」

「所以，你們一定是從山上爬回公路去的？」

「也猜對了。」

「爬上去要花多少時間？」

傑民用手放在額頭上，笑著說：「我對時間估計不太在行。爬到頂上我都快昏過去了。我氣喘如牛，像是花了幾小時一樣。」

「事實上，大概半小時吧。」我問。

「足足要半小時吧。」他承認。

「好，」我解釋給他聽：「車子翻下去的地方是個彎路，而且較狹窄。」

「當然。」韋傑民說：「他就是選了這樣一個地方，把她擠下去。否則，要是路夠寬的話，她可以躲過，停下來，超過他，很多方法避免擠出路去。」

我說：「你們推想是他用車擠她，她的車擠出路去，翻下斜坡，被大石頭擋住。乾福力把自己車停住，帶了千斤頂的柄下去，把太太打死，用桿子撬車子，把車子推下坡去，落入山谷。」

「是的。」

「然後他爬回他的車子，開到什麼地方去等大白天到來。等大白天的時候，他開車回來，停妥車子，爬下山坡，用破布把汽油從油箱吸出來，忘了把油箱蓋蓋回去，就放火燒車。」

「有什麼不對嗎？」傑民問。

「那麼，」我說：「他一定要再爬回去取車。」

「我們本來就這樣想的。」韋傑民說。

善樓用腳尖拍著地，以示不耐。

「那麼，」我說：「他的車，一定停在又彎又狹窄的路上，至少一小時半。你看，那裡一路有『不准停車』的記號。你想一輛車停在這裡，巡邏的警察會不取締？過路的車子會不會向前途警員報告？」

韋傑民說：「我看你有點道理。」

他轉向善樓：「我們來看看違規登記存根。我們可能遺漏了一些什麼。」

善樓無味地說：「不必聽他的，當他沒有說。你有沒有看到這上面那條路？」他問韋傑民。

「有呀。」韋說。

「你去聽賴唐諾胡說八道，要不多久，你就相信這根本不是一條路，是通上仙國的彩虹。唯其因為你是凡夫俗子，所以看成是條路。」

他轉向我說：「你總有很多的推理，小不點。有的時候不錯，但這一次我們並不欣賞。這一次是件清楚的死案子。我們知道我們在幹什麼。我們已經收集到所有需要的證據。我們目前只缺被告。我們有興趣的是逮捕被告，不是研究環境證據的論文。」

我說：「除非所有證據收集無缺，否則環境證據怎能算證據。腳跡沿著沙土的河床一直下來，是你收集的環境證據當中所沒有的；這小半支雪茄是你收集證據當中沒有的。你要知道，兇手是不敢冒險把車子停在上面路上讓別人見到的。」

「他當然可以把車停在半哩之外，不太彎狹的路上。」善樓指出來道。

「他可以。」我說：「但是他也可以請一個共犯，把車開下來。他燒掉了車子，只要小心不留一段路腳印，到他認為安全的時候，沿這河床走下去。前面一哩路就可以到公路上車，而且前面一段路要比爬半小時陡峭的山路好過得多。何況大白天、大太陽之下，一定不是味道。」

「好了，好了，」善樓討厭地說：「就算他有一個共犯。我們捉到他之後，叫他招供是誰好了。我們不管他有沒有共犯，我們只要捉到他就好。」

我說：「你趁乾福力不在的時候，自顧自地替他造了個謀殺罪名。一旦乾福力回來，你把帽子向他頭上一扣，不把他嚇一跳才怪。」

「我相信他會嚇一跳，我們知道他那麼多事。」善樓說。

「一點沒有錯，」我指出來：「等他回來，你已經把案子定做到他跳進黃河也洗不清了。」

「怎樣定做？」善樓不高興地說。

「扭曲證據。」

「什麼證據？」

「譬如有人自河床沙地走下來。」我說：「你自己用點腦子。這條路自山脊上一路下來，至少轉了五、六個圈子，但是轉到燒車現場向前一哩半左右的河床時，公路離開河床只有兩、三百呎。

「假如是我爬下去要燒車子的話，我不願意爬回那麼陡的坡上去。我也不會把車留在上面，任何一個交警一登記就前功盡棄。我會放了火之後，走下河床。」

善樓挑毛病地說：「然後沿公路走上去拿車！」

「有個共犯開下來接，就不必了。」我說。

肯恩郡行政司法長官辦公室的副長，韋傑民很感興趣，疑問地望向宓善樓警官。

善樓做了個不屑的表情，手和頭同時搖動，希望談話快點結束。

我說：「這雪茄是不太常見的一種牌子，也沒有做過廣告，完全靠菸草好才賣給內行人用。你不怕證據過多，又運氣好的話，可能從上面唾液裡可以採到血型是什麼。」

「噓……」善樓說。

韋傑民走兩步到宓善樓拋棄信封和雪茄尾的地方。雪茄尾巴已自信封裡掉了出來。他向它們看看，彎腰把雪茄尾撥進信封去，把信封一摺，放進口袋。

「我們不要遺漏任何被告以後可能譴責我們的證據。」他說：「既然賴提出這一點了，我帶回去查證一下。」

「你做你的。」善樓對他說，又回過來正式向我宣告：「賴，你給我爬回上面去，開了你的車滾蛋。千萬不要再出現在本案任何乾福力可能會到的地方。否則，不要怪我沒有通知過你，我找個隨便什麼理由都可以關你起來，關到我們捉到乾福力為止。這是當了傑民前我給你的警告。說得到做得到。你給我遠離乾福力，遠離他可能去的地方。」

「再警告你另一件事，萬一你先找到乾福力，使他警覺溜掉，我要親自用警棍一棒棒把你每根骨頭打碎，叫你希望你爸爸媽媽沒有生你出來。現在你給我滾！」

我向善樓眼睛看看，開始離開。

韋傑明深思地看我爬上路去。

# 第十一章　律師設下的陷阱

我找了個電話亭，打電話到孤崗山休閒牧場，要費桃蕾聽電話。

花了一分鐘才聽到她來接電話。

「哈囉，桃蕾，」我說：「我是賴唐諾。對杜美麗的事，你找到什麼了？」

「唐諾，今天下午我和你秘書談過話——」

「是的。」我說：「是我叫她找你的。杜美麗怎麼樣？」

「奇怪的事發生了。」她說：「美麗今天正午的時候接到一個長途電話，我不知道幾點幾分，因為我騎馬還沒回來。」

「發生什麼了？」

「她匆忙把東西整好，說她母親病重了，她一定要走。我騎馬回來，她已經走了。就那麼急。」

「沒關係。」我告訴她。

「唐諾，這裡的人都在問起你呀。」

「也沒關係，」我告訴她：「讓他們問好了。我只是在多方查證。」

「不要在外太久，快點回來。」她聲音好聽地說，但是聽起來總有一點職業性的關心味道。

「快了。」我說，把電話掛上。

晚上七點，我回辦公室，想把照相機放回去，又想看看有沒有什麼留言在桌上。柯白莎的辦公室裡還有燈光。

她顯然聽到了我進去的聲音，一下子把門打開。

「老天，」她大叫道：「想要找你會找得我胃潰瘍穿孔。你該死的為什麼不肯告訴我你到哪裡去？」

「因為，我不要任何人知道我到哪裡去。」

「你說的任何人，不會專指宓善樓警官吧？」

「他不過是其中之一而已。」

「善樓已經知道了。他打電話給我，他說你要是不遠離這件謀殺案，他會把你關起來，直到本案結束為止。」

「他真衝動。」我說。

「他也氣得發瘋。」

「他愛生氣，生氣是做偵探最忌諱的習慣。」

「果豪明急著見你。」白莎說：「他每半小時來一次電話——我看，這又是他——」電話響起，她把話停下。

她拿起電話一聽，幾乎立即聲音變成蜂蜜和糖漿。

「是的，果先生，他剛剛一步跨進來。我正想告訴他你在找他——他進來不到兩秒鐘……是的，我來請他聽電話。」

她把電話交給我。

果豪明說：「哈囉，唐諾嗎？」

「是的。」

「事情不好了。」

「怎麼回事？」

「是我自作聰明，我不好。」

「怎麼會？」

「那個羅漢曼，實在是比我們想像中聰明得多。」

「為什麼？」

「現在看來莫亞律和這件案子也有關係。」

「莫亞律是什麼人？」

「莫亞律是車禍案和頸椎挫傷專家。律師——你知道嗎？所有西部的保險公司，又恨他，又怕他。」

「他那麼行，嗯？」我問。

「他那麼壞！」果豪明說。

「他和這件事有什麼關係？」

「他已經參與了這件案子。我不知道他是一開始就幫助羅漢曼，還是後來羅漢曼去請他參加的。反正他們設了一個陷阱，我們保險公司進去得太深了。」

「說下去。」我說。

「我在電話上不能解釋。今天晚上一定要見你，但是目前我離不開家。」

「是不是要我來看你？」

「假如你能來的話，就太好了。」

他猶豫一下又說：「目前我一個人在家裡。我們在一起的時候，我太太可能會回來。萬一她回來的話，我們含糊一點。這件案子裡有的事她不太瞭解。」

「這個我懂。」我告訴他。

「謝謝你，唐諾。我知道你會懂。你看，在我們這一行裡，有不少時候我們一定要用女作業員，就像你們要用一樣。但是向女人解釋是解釋不過的。」

「我完全懂。」我說：「我一個小時後會到你家去。目前有件事我一定得先處理。我不可能早到，但說一句算一句，一個小時後一定到。」

他的聲音顯得放心了：「謝謝，唐諾，那就好。」

我把電話掛上，白莎用閃爍、精明的眼光看著我。

「你對他做了什麼啦？」

「怎麼呢？」

「你把他催眠了。今天早上他很迷惑，然後他的一個職員給他一個電話，他就好像偷吃的小孩手被卡住在糖罐裡，而他現在竟拚命在叫救命了。他說他要和你說話，那麼神秘，他都不願對我說，要和你說什麼。他說你會瞭解的，但是要解釋給我聽就太花時間了。」

我向她笑笑：「一切過一段時間都會變好的。」

白莎說：「你秘書說，有一張紙條在你玻璃板底下，要你一進來就去一看。」

「重要事？」我問。

「她認為重要。她認為你做的每件事都重要。她對總機小姐說過，你一打電話回來就通知她。」

「好，」我說：「我會看一下是什麼紙條，有關什麼消息。之後就去看果豪明。」

「再之後呢？」

「再之後，我也不知道了。」我說：「要看事情發展了。」

「有關那個護士，我們找來的資料對你有用嗎？」柯白莎問。

「不是十分完整。」我說：「今天一早我和她男朋友談過了，之後我又和她女室友談過。」

「發現什麼沒有？」

「醫院裡指控她偷竊X光片，這些片子是受傷病人的。我認為她偷出來的目的是提供假病病人使用。」

「X光片上不是都有號碼，指出病人號和日期？」

「當然。」我說：「但是，現在打官司時呈閱和存檔的是X光片拷貝，拷貝上這一部分最易做假了。除非有人疑心到，否則往往不查根的。

「有人想到這一點，回過頭來到醫院查原根，當然很容易查出來。但是一般保險公司的律師目前尚沒有想到這一點，他們會請專家偷偷看一眼原告的證據——也就是X光拷貝——假如他們認為會敗訴的話，根本不等到開第二庭，就派出協調的人，庭外和解了。」

白莎說：「你認為這位護士偷出X光片子來了？」

「醫院這樣認為。」我說：「醫院準備叫她走路，但又不願意太明顯說明原因。當然從別的方向看，這些困擾也許起因於一個不喜歡她，要她走路的督導。

「這就要靠到你出馬了。也是剛才我對果豪明說我還有一件事做，要耽誤一小時的事了。我們兩個要一起去保安公寓，要去和杜美麗的室友尹瑟芬聊聊。」

「你不是和她聊過了嗎？」白莎問。

「我和她聊過了。」我說：「但是沒什麼結論。她身上迷惑人的東西太多。一下這樣，一下那樣，又會站到我很近的地方來。我怪她用『性』在引誘我的時候，她說：『我還沒有真用哩。』白莎，我對她沒辦法。」

白莎說：「這本來是你老毛病。」

我搖搖頭。「毛病也沒有那麼大。」我說：「實在是她太動人了。而且她動作太快了。雖然還是早上，但是說來就來，我招架不住。」

「要我去幹什麼？」白莎問。

「你，」我說：「不會受她性騷擾，我要聽她說實話。」

白莎把自己從會出聲的椅子裡舉起來，說：「我擦點粉，立即跟你去。」

她邁步出門，走上走道。

我走回自己辦公室，掀起玻璃板一角，看到愛茜給我留下的一張便條。便條只有我看得懂。

便條上寫著：

「我說過討厭極了的那個人，下午打電話給我，叫我出去和他談一談。唐諾，他很不錯。他其實知道所有昨晚我說他應該懂得感謝之事。我等你很久，仍未見你回來。你叫我打的電話已打通，對方說會立即詢問，但說據云已離開，請你再給她電話。有任何事要我做，可來電。愛茜留。」

我把紙摺一下放入口袋，坐下來等白莎。

# 第十二章　白莎出馬

到了保安公寓，我把車停妥。

白莎向公寓外表看看說：「兩個靠薪水過活的上班女人，住這種地方，滿奢侈的。」

白莎爬出車來，我們走進房子，來到二八三室門口。

很幸運，尹瑟芬在家。

「哈囉，唐諾。怎麼又回來了？」她甜甜地說，把目光看向柯白莎。

我說：「尹小組，我來介紹我的合夥人，柯白莎。她要和你說幾句話。」

白莎什麼也不說。她只是把她向旁邊一推，自己向裡面走，瑟芬只好靠向牆以免跌倒。

白莎進入起居室，環視一下，轉身問我：「要說什麼？」

我說：「我要知道杜美麗的一切。」

尹瑟芬有點慌亂。她說：「知道的，今天早上都告訴你了，唐諾。

「依我看來，杜美麗是個值得尊敬的女人，辛苦工作為的是撫養有病的母親。再說，我反對你們這樣侵入私人的住宅。」

「反對個屁！」白莎說：「想用你說的理由來騙專業的偵探，可以說門也沒有。」

「你什麼意思？」瑟芬說。

「說什麼可憐的小女子，賺錢養老母。」白莎說：「看看這個窩——要鈔票的。世界上隨便哪兩個護士也養不起這個窩，尤其是還要養個有病的老母。」

「杜美麗的臥室是哪一間？」

尹瑟芬嚇得開不出口來，她只是指一指一個門。

「那麼，這一間一定是你的囉？」白莎說。

「是的。」白莎開始走向瑟芬的臥房。

「不可以，你不可以！」尹瑟芬說。

白莎繼續向前走。

尹瑟芬跑向前抓住白莎的手，用力拖曳。

白莎把手一甩，把尹瑟芬甩過半邊房間。

白莎推門進她臥房，開始看她的壁櫃。

瑟芬跟進來。

「這些男人衣服是誰的？」白莎問。

「你……你……你給我滾出去！我要叫警察了。」

白莎從架子上取下兩套衣服，丟在床上，看裡面口袋上裁縫店的牌子。從抽屜裡拿出一件襯衣，看袋口上繡的一個「C」字。

「你跟這傢伙不錯。」白莎說。

「是我的表哥。」尹瑟芬反抗地說：「他每次出外旅行都把東西寄我這裡。」

白莎巡視了一下，走出臥室來到客廳，又走進杜美麗的臥室，巡視一圈後走回尹瑟芬的臥室來。

「你們是什麼意思？」白莎問。

「什麼我們是什麼意思？」

「偷竊X光片子。」

「她沒有偷竊X光片子！」瑟芬說：「我告訴過他是那個督導。」

「這個姓杜的女人，有男朋友嗎？」白莎問。

「沒有，真的沒有！」

「亂講。」白莎說，又轉向我說：「有人在大大津貼她是絕對的。」

尹瑟芬說：「我不知道你們這樣對我應該如何交代，但是我會去看我的律師。我相信我可以請他們吊銷你們執照。你們根本沒有權利可以衝進來搜索我的房子。」

白莎說：「沒有錯，親愛的。你現在就可以報警。可能警察也滿有興趣知道這位神秘的表兄是什麼人——我們大家來看看他有沒有太太。」

白莎走回床邊，用專家的樣子檢查起男人上衣來。

「這裡有個洗衣店暗號，唐諾，記下來。C四三六三 一二八。」

「好了。」白莎轉身走向門口：「我想這裡已經沒什麼好查了。這兩個女人都有人照顧得不錯在那裡。」

尹瑟芬開始哭泣。

「你不能拿這個出來做證據，」她說：「請你不要拿這個出來做證據，那洗衣店……那——」

「當然，當然，」白莎安撫地說：「我們除非必要，不會去打擾你的表哥的。你不給我們找麻煩，我們也不添你麻煩。」

白莎經過客廳，開門來到走道。我跟她走出來。

在走道裡，我說：「白莎，你太冒險了。你根本沒有權利走進她臥室去。」

「不談了。」她說：「這些女人催眠你。但是我只要看一眼，就知道她們是什麼貨。可惜我沒機會見一下杜美麗。杜美麗到底是怎樣一個女人，唐諾？」

我們進入電梯。我說：「她是個溫柔、自制，像唱詩班裡唱聖詩的女孩子。她不懂得用『性』。」

「嘿！」白莎說：「她要是不用『性』，就得拚老命賣X光片。你看她也許穿得簡單樸素，她衣櫃裡掛的卻都是好東西。

「你也千萬別因為尹瑟芬有男朋友付房租，因為她和杜美麗很要好，以為她肯和美麗分享。」

我們到達底樓，白莎大步走向車子，擠進去，碰上車門，我看車窗——還好玻璃沒有破。

「老天，」她抱怨道：「唐諾，你不必浪費我這時間的。你第一眼就該看出她們這種假裝的樣子。有病的媽媽！媽媽個鬼！」

我送白莎到她公寓，自己去果豪明的家。

我把車停在寬闊車道的一側，預留給後來車通得過的寬度，走上階梯來到正門口。

手還沒有按上門鈴，果豪明就把門打開了。

「請進，唐諾。」他熱情地歡迎著：「我一個下午就是想找到你。」

「我知道。」我說：「不過你說過，我們工作算是完畢了。昨天晚上開始由你接手，所以我沒有和你聯絡——」

「是我錯了，唐諾。」他說：「我承認是我錯了。」

我跟他進入起居室。「好吧，」我說：「怎麼回事？」

「我收到亞利桑納的報告。」他說。

「你還是派了一個代表下去？」我問。

「我沒有。」他說：「我接到一個電話。從這電話我得到一個結論，這個時候要是派個人下去試著妥協，可能結果會更壞。」

「為什麼？」

「我突然發現，假如一個人很聰明的想出了一個騙人的辦法，兩、三次後，可能就不靈了。」

我不吭氣，等他說下去。

「請坐，賴，不要客氣。來杯飲料如何？威士忌蘇打？波旁加七喜？」

「我現在這樣很好。」我告訴他：「可能我們自由談話的時間不多，現在應該趁機好好談一下。」

「是的，不錯。」果豪明說：「說得對。」

「我來把情況說給你聽，賴。這種強迫中獎的方式非常有用，我們已經上法庭勝訴的有兩例，私下妥協我們有利的有三例。當然，我說派女人去親近他對公司是不利的。

「但是這還是個好主意。我們讓受傷的人以為他得到兩個星期免費度假的獎品。我們送他去孤崗山休閒牧場。他到了那裡，見到那裡的設備，他開始享受生活。當然休閒牧場對受傷的人需要的休息，正好是相反的。

「沒多久，我們就有了他的影片，他會揮動高爾夫球杆，會從高跳台跳水，扭著頭看四周的美女或是看我們安排的作業員。費桃蕾是專家，她可以叫任何男人用手走路。

「但是，弄上法庭的兩個案子，一定是洩露了我們的天機。那個鬼律師莫亞律一定悟出了我們強迫中獎的辦法，也探出了孤崗山休閒牧場這一套。「所以莫亞律這次親自出馬了。從幕後到幕前了。」

我問：「什麼時候？」

「今天早上。我相信羅漢曼始終和他合作在一起，目的是要我們落入他們的陷阱。」

「今天早上怎麼樣？」我問。

「莫亞律現在在休閒牧場。他已經知道乾家發生的謀殺案了。」

「怎麼會呢？」我問。

「簡單之極。」果豪明說：「莫律師決心出馬時，他要和乾福力談一談。「他顯然命令他自己經常僱用的偵探社，來處理這件事。偵探社開始介入，當然立即發現了我們昨天進入的尷尬場面。莫律師還會不知道嗎？

「莫律師知道這一點已經夠了。油在火裡，王牌都在他手裡。天知道，我們要花多少錢，他才肯放我們過關。」

我說：「我能不能問你，你為什麼不派你的調停人下去，試試看，要付多少錢。」

「你可以問，」他說：「但是我回答起來窘了一點。莫亞律在以前另外一件案子中見過我們的調停人。我們的調停人不夠他看的。」

「現在該怎麼辦？」

「我要你回牧場去。我已經開好了四張即期支票，每一張兩萬五千，總數十萬元。我要你去替我辦妥協。」

「你願意出那麼高代價？」

「必要的話我願意出那麼多。而且我想少了不見得行得通。」

我說：「這個律師——莫亞律，好像吃定了你們。他老贏你們？」

「他聰明、能幹。是的，老贏我們。」

「你想他會不會用假的X光照片？」

「我不敢提這一點。」

「你寧願付那麼大價錢來和他妥協？」

「我要早日把這件案子解決。投保人現在涉及了刑事案，我們一點也沒有機會推一點車禍責任給羅漢曼。一上法庭，對方要求多少，除了照付，沒辦法減少呀。」

「連你們訓練有素的調停人都無法對付莫亞律，你怎麼會想到我能夠應付得了呢？」我問。

「因為，」果豪明說：「我對你詳細研究過。」

「怎麼說？」

「今天下午，我約你的秘書出來過。我曾和她詳談很久。反正這件事你早晚會知道的，我倒不如先告訴你。

「雖然昨天晚上我那麼無禮，叫你們離開這件案子。但是，我知道你並沒有放棄，還在進行。

「她告訴我，你查到一個護士曾經偷了幾張X光照片。你正在繼續蒐集資料。

「我必須告訴你一件事，唐諾。假如你能夠證明，這一個莫亞律，做過什麼不法的事，例如弄一張假的X光照片上法庭作證，我們會給你一筆最大最大的獎金——你一生從未得過那麼多的獎金。我說『我們』會給你獎金，是指我國西部所有保險公司，會聯合起來給你一筆慷慨的獎金，而且會拋給你們公司做不完的工作。

「卜小姐告訴我很多令人驚駭的冒險故事，都是你以往的成就，我想你一定非常聰明能幹，可以——」

起居室門打開，果太太大步走進來。

我一跳站起來說：「果太太，你好。」

「你好，賴先生。」她說，向起居室四周一看，又道：「你的秘書呢？」

我對她的問題，禮貌地表示一下驚奇，說道：「可能在家裡吧。今天我有自己的車可代步了。昨天我是因為從德州飛回來，所以才要她接我。」

「喔，」她說：「你的案子，辦怎麼樣了？」

我笑笑：「這問題要由果先生來回答了。他是老闆，我只是夥計。」

「你是好夥計。」果說：「你的工作做得好極了。

「這信封裡面是我剛才說過的文件。另外有一張完全放棄告訴權利的合約。我要你第一班飛機回去——你知道，回去給我好好處理事情。」

「回哪裡去？」果太太問。

「達拉斯。」我理所當然地回答。

「有足夠的開支款嗎？」果豪明問。

「有。」

「走吧，一切由你來作主。沒人限制你。」

「妥協的話，最多用到你剛才說的數目，是嗎？」

「你認為有必要，可以作主加上去。」

「我會找班飛機，很快回到那裡，立即展開工作。」

「不要忘了和我保持聯絡。」

「會的。」

我們兩個握手。

果太太給我一個高興的笑容：「賴先生，我丈夫不應該迫你這樣晚還要工作的。」

「喔，我們的工作就這麼回事。」我告訴她。

「你是為自己工作，還是別有合夥人？」

「我有一個合夥人。」我說：「管內部工作。」

果豪明說：「是柯賴二氏私家偵探社。」

「柯先生怎樣一個人呢？」她問。

「是柯太太。」

立即她的嘴唇閉成薄薄的，沒有笑容。

「柯白莎，六十多了。」我解釋道：「她，一百六十五磅，像一捆帶刺的鐵絲網，又硬又壯。她管內部工作，我衝鋒陷陣在外面跑。」

果太太又笑了：「這種合夥生意好像不容易維持。」

「容易。」我告訴她：「有的時候碰到輕浮一點的女人，我簡直沒有辦法應付，而白莎，在十秒鐘之內能辦的，你絕對不會相信。」

果太太這次真的是笑了：「原來配得這樣巧妙。我很高興我先生僱用了你們這個公司。

「一般人不瞭解，我先生很容易上女人當。其實只要有三分姿色的給他上點勁，他都會跟著她轉。

「我時常警告我先生，別人是有心佔他便宜的，有的根本就是吸血的撈女。豪明總認為我又多嘴又多疑。」

「不會的，親愛的。」果先生趕快說。

「我想，世界上多幾個柯白莎來對付這些女人，就好了。」果太太對我說。

「是的。柯白莎出馬的時候，真是世界奇觀。」我說。

「她是怎樣做法的？」

「喔。」我說：「很粗野的，有的時候可以說是俗不可耐的。她告訴這些女孩子，現在要對付的是另外一個女人；眼淚和大腿是沒有用的。然後她上去揍她們，誰要反抗的話，白莎會把她們牙齒也搖下來。做這種對付吸血撈女的工作時，白莎可不是淑女。她用的字彙會嚇你一跳，果太太。」

果太太的眼睛閃爍著亮光。

「豪明，」她譴責地說：「你沒有告訴我這樣有意思的一位太太。你用這一家私家偵探工作多久啦？」

「這還是給他們的第一件案子。」果豪明說：「我們正在加強彼此的認識。」

「那太好了。」果太太說：「聽起來大家合作很有前途……喔，我不該參加你們公事討論的，我還有事做。」

她和我握手，給我由衷的笑容，離開起居室。

果豪明看著我說：「我想卜愛茜是對的，唐諾。」

「你什麼意思？」

「你真是一個非常能幹的人。」他說：「現在，你給我去那邊，把羅漢曼的案子結了。能省多少就省多少，但不要因為省錢影響結案。結案最重要。交給你去結。」

「好，我走了。」我告訴他。

# 第十三章　勒索手段

柯好白在機場接我。

「看樣子我們應該給你特別折扣才行，」他笑著說：「再不然，我們應該派馬來接你。最近我什麼事也不做，好像光是載著你來來去去似的。」

「這次班機沒有別的客人嗎？」我問。

「沒有別的客人。」他說：「這兩天我們那裡快客滿了。」

「我離開的時候，你們空屋滿多的呀。」

「現在是旺季，人來得很快。」

「都是正常客人？」我問。

「有一個不見得。」

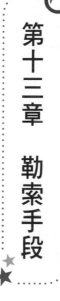

我奇怪地看向他。不是他自己說的嗎？牧場僱員是不准在客人之間搬弄是非的。有規定禁止他們在一個客人前面討論另一個客人。

我小心地問：「怎知不見得呢？」

「他對你有興趣。」小白說。

「哪有這種事！」

「他並沒有指名道姓。但是他形容你很清楚。」小白說。

「你什麼意思？」

「他問起客人當中有沒有人不太注重牧場裡的活動，喜歡跑機場用公用電話，而為公事跑來跑去。」

「你對他說起我了？」我問。

「當然不可能，」小白說：「我裝著一張白紙一樣看看他，告訴他到我們這裡來的人都只知道休閒、騎馬，不是來辦公的。我想這傢伙是個律師，從達拉斯來——花了點時間和那個頸椎挫傷的病人在一起。不知道是不是巧合。但是他對你有興趣的事，怪怪的。」

我大笑著說：「他倒不是真對我有興趣，他是在查　查，有沒有別的律師也在辦這件案。」

「可能吧。」小白神秘地說：「我們也少了一個原該在的客人。杜美麗突然回去了，說是她媽媽病得厲害了，但是她搭的飛機是去達拉斯，不是去洛杉磯。」

「這樣呀。」我說。

「嗯哼。」他說：「你覺得有意思嗎？」

「你認為呢？」

他笑笑說：「城府很深。」

我說：「我不能再亂跑了。我要多騎騎馬了。」

小白說：「我是專跑機場的，來回不停，隨時歡迎你來搭便車。我喜歡有人陪我聊天。你是好人。」

「多謝。」我告訴他。

我們離開公路走上泥地。小白把車開上停車場把車停妥，我伸手給他，說道：「謝謝，小白。」

「不要客氣。」他說：「我的工作使我像匹馬。馬能夠看到坐在他身上客人的心思。」

我回自己的小屋。梳洗一下，決定先出來。在見到羅漢曼之前，先見一下費桃蕾。

桃蕾出去晨騎還沒有回來。偶爾，牧場來了希望接受牧場生活教育的女客，桃蕾也會騎著馬參加晨騎。

見不到桃蕾，我只好回自己的房。快回到自己房門口，我看到一個男人，站在房門前，顯然想放一個鑰匙進我房門的鑰匙孔裡去。

他轉身，友善地向我笑道：「要把鑰匙放進這鬼鎖還相當困難哩。」然後他回頭向著門，幾乎立即同一口氣地叫道：「喔，怪不得，不是這個房子！我怎麼會這樣笨。大概是這裡房子都看起來一樣的關係。」

我走上門外的小陽台。

「老天！這不會是你的房子吧！」他問。

「正是我的房子。」

「喔，喔，我想我們要做鄰居了。我是達拉斯的莫亞律。亞律兩個字沒什麼意思，父母隨便取的。」

「莫先生，我想你是個律師吧。」

「喔！你怎麼猜得到我是律師？」

「從你的態度。」

他說：「請教，你是？」

「賴，」我告訴他：「賴唐諾。」

他伸出手來，抓住我手，用力上下猛搖，非常熱心。

「我想你是來休假的，賴先生？」

「可以這樣說，」我說：「你是有公事來的嗎？」

「嗯……」他停了一下，微笑地說：「可以這樣說。」

他停了半秒鐘，指指隔壁的房子，接下去說：「我就住在你隔壁房子裡，我們反正有很多機會見面。」

「那間屋子不是有人住著嗎？」我說：「一位杜小姐，是洛杉磯來的。她怎麼啦？」

「我不知道，」亞律說：「據說一位年輕小姐突然離開這裡——有個電報說她媽媽急病，或是病況轉劇。你說的女人什麼樣子——金髮，瘦瘦的？」

我點點頭。

「大概就是那一個，沒錯。」莫亞律說：「她媽媽急病了，她不能不回去。」

「真糟糕。」我說：「我聽說她精神上受到不少打擊，需要好好休息一下。」

莫亞律不接這句話的腔，表示對話題沒有興趣，他問：「賴先生，你會在這裡待一陣子吧？」

「很難說。」我說：「你會在這裡待多久？」

「我要走了。」他說：「我告訴過你，我來這裡一半是為公事。我的工作已經完成了，不能在這裡太久的。不過，賴先生，我有一個感覺，我們兩個還會常見面。」

我說：「肯不肯不要兜圈子，你把牌放在桌上，我們談談。」

「我無所謂。」他說：「豪明好嗎？」

「豪明？」我問。

「豪明，」他說：「果豪明，保全保險公司。很了不起的人。」

我把門打開。「請進。」我邀請道。

亞律跟了進去。「我花了不少時間，我知道是你。但是，一旦知道是你了就不難。柯賴二氏私家偵探社的賴唐諾。可見得果豪明這次方法、人員，全部換新。以前他用公司自己的調查員和調停人，這次他改變使用和公司無關的偵探社。」

「請坐，」我說：「不必客氣。再告訴我一點果先生的事。你提起我興趣了。」

「我知道你會有興趣的。果先生是個了不起的人。很有氣派，是個大經理的樣。為鈔票結婚，他太太是保全保險公司最大的股東。他太太滿有趣的。

「保全保險公司是個很好的保險公司，也賺了不少錢。我認為果先生經營得不錯，不過他辦公室裡一切受太太影響太深。」

我問：「你告訴我這些，是有特別作用的嗎？」

「當然，我有特別作用。你要我把牌放在桌上，我把牌放桌上。

「果豪明發明了一個相當精美的詭計。他主持一個假的競賽。凡是可能向保險公司申請賠償的人會得獎，獎品是到這地方來免費度兩星期的假。

「這裡的女老闆蓋秀蘭，不知道有人在利用牧場做這種事。費桃蕾才是關鍵，是這裡的主角——多好的一個主角！

「哈——要是果太太知道了這個主角。果太太知道這個地方有鬼，也知道果先生有個女作業員在這裡。事實上，她尚未知道個中詳情。」

「詳情？」我問。

「有半小時時間嗎？」莫律師問。

「當然，」我說：「不過提醒你一下，我目前沒有開口，我是在聽你開口說話。」

「是我在開口。」莫亞律說：「我要說個夠，這樣你才會不得不開口。之後你可以打電話給果先生，問他一個極限，我們可以坐下來妥協。」

「什麼妥協？」

「羅漢曼的聲訴。還會是什麼別的？」

「你代表羅漢曼？」

莫律師大笑道：「當然，我代表羅漢曼。從車禍一開始我就代表他。」

「羅漢曼來找我，說他贏了這次比賽。但是，他覺得贏得太容易了，可能有鬼。」

「你怎麼想？」我問。

「我不必想。我知道！果豪明在這個地方搞過好多次名堂，最後在妥協的時候佔了不少便宜。他也有兩次在法庭裡大獲全勝。他應該見好就收。那該死的竟想再來玩這一套。他以為這次不用他自己的人會不同。但是老套並沒有翻新。

「他兩次在法庭大勝時，有一次我坐在旁聽席旁聽。有人告訴我保險公司會絕對性的擊敗原告。我特地去看看，天下哪有這種事情。

「他的確做得很出色。那受傷的人聲訴他受傷後椎間軟骨盤突出，經常壓到脊椎神經。保險公司放一段影片，我們的病人在當中，一大堆美女在四周，他當眾表演花式跳水。後來又有騎馬和高爾夫。

「影片放完，原告低頭坐在席上。原告律師有點像濕了水的海綿。陪審團五分鐘就回到庭上，判決當然對被告有利。

「所以羅漢曼來告訴我他贏得了兩個星期的假期，我告訴他放心大膽儘管去，只是不要勉強自己體力去做過分勞力的事。」

莫律師慢慢把右眼閉上，給我一眨。

他繼續說道：「這次，我倒要看看，果先生變得出什麼戲法來。我把詳情告訴了羅漢曼，叫他到這裡來看看，哪些人在參與這件工作。但是他看不出來。我只好自己出馬。我發現洋包子中有一個跑來跑去很忙，還經常使用電話，名字叫賴唐諾。查查電話簿就知道他是私家偵探了。

「賴，你要是現在跟我去我的房間，我要給你看幾段影片。」

「我什麼話都還沒說。」我說。

「不必說。」他告訴我：「只要跟我來。」

我們走著去他的房間。

他把窗簾拉下，拿出一部手提式電影放映機，和銀幕。

「這一卷當然不能和保險公司拍的比美。」他說：「保險公司用濾光裝置和遠鏡頭。拍的人，也真正在行。

「這一卷我是從一個業餘攝影師那裡買來的——一個喜歡拍片的旅遊客人。」莫律師繼續說：「但是從影片裡你可以得到一個大概。」

莫亞律把燈關上，開始放映影片。

銀幕上一陣白色閃光，突然出現彩色影片。銀幕不大，但相當清楚。

果豪明穿了游泳褲斜臥在泳池旁，仰望著坐在池畔，腳泡在池裡的費桃蕾。

果豪明頭靠在伸撐在地上的前臂上。

他說了句什麼話，她在大笑。她伸手向下，手指在水裡浸一下，拿出手來，把冷水彈向豪明的臉上。

他伸手抓她，她來不及跑掉，足踝被一把捉住。他把她足踝拉向自己，另一隻手掌做成杯狀，自泳池中舀起一手掌的水，自己一下坐了起來。

桃蕾作討饒狀，看著他笑，躺下來把腳放到他坐在池旁的大腿上，足踝仍在他手裡。

慢慢地他把一手掌的水移到泳池上面，把五指張開，讓水漏入泳池，又把手甩一甩，在泳褲上擦乾。

然後用擦乾了的手撫拍著桃蕾光溜溜的玉腿。

她忸怩著，掙脫他的糾纏，站起來。

果豪明站起來和她一起離開。

鏡頭跟著他們走向主人廳。果豪明把手放她肩上，又滑下來放在她臀部。

影片鏡頭搖動，閃爍地結束。又過了一下，另一個鏡頭出現。

是黃昏的時光。照明不怎麼好，影片裡只能說是兩個人影，但看得出這是果豪明和費桃蕾。他們兩個靠在畜欄旁，有興地在談話，顯然才剛騎馬回來。桃蕾穿了套緊身騎裝，果豪明穿了套西部衣服，帶頂五加侖墨西哥大寬邊帽，標準「都市牛仔」一相。

桃蕾對他說些什麼話，伸手把那頂帽子從他頭上取下，戴到自己頭上，把帽沿斜向上推。她把自己的下巴也跟著斜著向上，挑戰性地看向他。

果豪明抱她過來，親吻著她。銀幕上只看到一個大黑點。

「這一段光線不夠好。」莫律師解釋：「我想是太陽卜山才不久。」

銀幕一陣空白的亮光。影片又開始，那是晨騎的場合，豪明笨拙地自騎著的馬上下來，桃蕾在後以純熟雅嫻的姿態下鞍。

果豪明理所當然，像是帶自己所有物品似的扶著桃蕾手肘一起來到馬車邊上，兩人吃早餐和喝咖啡。這次兩人正經地交談。

吃完談完，果豪明伸出手來，桃蕾握住。兩人握著手，然後一起走向馬站著的地方。他們繞過一匹馬，站在馬後，讓那匹馬隔開他們和其他騎客的視線。

銀幕一片空白，光線閃爍不定。

「換一個角度。」莫亞律說：「精采萬分。」

影片又開始了。這次拍影片的人跑到馬的另一面去取景，看到果豪明和費桃蕾面對面站著。

果豪明溫柔地抱著她腰，兩人依偎著十秒鐘之久，另一位騎客從馬的另一面向這裡走近，兩人突然分開。

莫律師把電影燈光關掉，開始倒片。

「還有嗎？」我問。

「看多了倒胃口。」莫亞律說：「這還不夠你一個概念嗎？這叫以其人之道，還治其人之身。」

「這些影片，你準備用來做什麼呢？」我說。

「那要看你了。」亞律說。

「怎麼說？」

「這些影片是羅漢曼案子的一部分。」

「怎麼會？」

「喔，這就是我準備處理這件案子的手法。」莫律師說：「我不知道這些證據庭上會不會准我提出來。但是我準備讓大家知道，保險公司不但在事後不想減少受害人的痛苦，而且想種種方法引誘受害人過度使用體力，違背醫生的指示，可能會造成無法救治的危險。

「我要證明給大家看，這一個休閒牧場，根本是保險公司經費支援下，專門用來使受害人體力透支和設陷的機構。

「我要先把這事實告訴法官、陪審團、旁聽的人和旁聽的記者。然後我用影片證明果豪明和費桃蕾的私人關係，再把果豪明叫到證人席來作證。我要問他有沒有出錢買通費桃蕾，在牧場裡利用女色，引誘這些到牧場來的原告在體能上做出超過他們該做的事，使隱藏的專家能用攝影機拍下鏡頭來。

「當然，賴。這卷影片能不能在法庭上准予放映，尚是未知之數。我研究過很多次。一定要證明保險公司在進行一項行動，這行動既想欺騙陪審團，又對原告的病況有損害，我能有機會放影片和把果豪明自己拉上台來作證。

「譬如說吧，昨天你不在的時候，桃蕾就猛給羅漢曼上勁。她曾兩次硬把他從輪椅裡拖起來，走向馬廄。這完全違反了醫生的醫囑，和我的指示。沒有手杖幫忙，他不應該在不平的路上走路。這女人很聰明。

「後來羅漢曼回到房裡後告訴我，他相當的暈眩。在我看來，這就是保險公司故意造成的病況加劇。

「不過，無論如何，除了算作本案的一部分外，這一卷影片是不會公開，也不會移作別用的。我私人對果先生很尊敬，而且不希望他因此受窘。」

「否則就變成勒索了。」我指出給他聽。

「假如我指明要代價，就變成勒索了。」他糾正我說：「但是我認為這是羅漢曼案的證據。我是羅漢曼的律師，我有權擁有本案證據。」

「你大概想告訴我，」我說：「一旦羅漢曼案子妥協成功，你會連和解書帶這一卷『證據』一起交給我的。」

「是的。」

「要多少錢？」

「十萬元。」他說。

「太離譜，太太離譜了。」我告訴他：「世界上沒有頸椎挫傷，要用十萬元來和解的。」

「隨你。」他告訴我：「反正我上法庭，也能得到這樣多賠償。我認為勝算的機會極大。」

「不管怎麼樣，庭外和解我們不可能出十萬元。」我說。

「你年輕不懂事。」他說：「在這種情況，我勸你先向果豪明請示一下。

「一定要打官司，我開口是二十五萬，讓你們去傷腦筋。而且我要的重頭戲是，由於保險公司的陰謀，我的當事人病況已經加重。

「我給你四十八小時請示。過了四十八小時，我就提出告訴。順便告訴你一點，你不必想去和羅漢曼私下接觸，因為我走的時候，羅漢曼會跟著我一起走。」

「回達拉斯？」我問。

「不一定。」他說：「反正在我們提出告訴和招待記者前，你是絕對找不到他的。」

我說：「好，現在該我說話了。」

「你說。」莫律師道。

我說：「你是個律師，你可以為當事人爭利益，但不能憑藉勒索為手段。你現在的做法，有點像以這卷影片為要挾，要果豪明付出超過常例的保險賠償費。」

亞律顯然被我激怒了。「你在說什麼呀！」他說：「譴責我在勒索！」

「假如沒有這卷影片，」我說：「你的賠償要求不會定得這樣高。」

「喔，這樣！」他說：「你認為你聰明。你大概不知道你們的客戶現在被洛杉磯的警察局，認為是謀殺犯哩。」

「你說什麼？」我問。

「我說事實。」他說：「你去查查。我本來不該洩密。既然你給我扯勒索，我就給你扯謀殺案。

「你們的乾福力，保險公司代表的人，許久以來和太太弄得不好。

「在他們比較恩愛的日子裡，他們互相保了一個十萬元的壽險。但是後來感情碰壁，乾福力認為他太太在欺騙他，兩人大吵一架，她就離家出走。他跟蹤她自公寓到聖般納多。她從聖般納多要開車去舊金山。他就跟蹤她，把她撞出山路去，他可以得那筆保險金。

「可惜，那車子不像乾福力想像那樣摔得遠。所以他用個鐵器，在他太太頭上敲了一下，把車推下山坡去，又放了一把火。」

「你哪裡得來的消息？」我問。

他說：「我在達拉斯和警察有很好的聯繫。洛杉磯警局得知乾福力在達拉斯有一個車禍案子，想知道詳情。特別問到那件車禍裡受傷的人有沒有乾福力的地址，以便幫助警方找到他。

「所以警方來找我，問到羅漢曼案子中乾福力有沒有給我們什麼與洛杉磯警方現有不同的地址。結果在我答允和羅漢曼聯絡之前，我已經套出了警方匆匆忙忙找我的原因。

「現在，你給我去告訴果豪明，這件案子要上法庭的話，我要的賠償是二十五萬元。我們要告保險公司陰謀使我當事人病況更劇烈，也要在庭上放些影片給大家看。我們也會向陪審團報告，我們告的是在逃的嫌犯，也是待審的謀殺自己太太的嫌犯。

「你現在還笑不笑得出十萬元妥協定得太高？對這樣一個案子，老實說還便宜你們太多哩。」

「哪裡可以聯絡到你？」我問。

「達拉斯我的辦公室。」他說：「任何時間，有人想找到羅漢曼，找到我就可以。目前他不便於說話，或是簽押任何文件。

「我想你一定需要私下和果豪明聯絡，當然是機場的公用電話最靠得住。所以我給你四十八小時的時限來和我們妥協。」

莫亞律伸出手來：「真是很高興能見到你，賴。」他說：「我們雖在案子的不同兩個面，並不是說我們不能彼此做朋友……我想，你急著要離開，不見得要等到桃蕾回來了。」

「我是要離開。」我說。

「我想你也不必再回來。」他笑著說：「我代你向她說再見好了。」

「那就拜託了。」我告訴他。

我退出他房子，找到柯好白。說：「小白，馬上送我去機場好嗎？」我問。

「又去機場？」他問。

「是的，又去機場。」我告訴他。

「為什麼不弄個睡袋睡在機場外面？」

「我想這建議不錯。」我告訴他：「不過這一次一去可能不再回來了。」

他不再開玩笑了。「賴，是不是有什麼大困難？」他問。

「小困難是有一點。」我說。

「是那位達拉斯來的律師？」

「有點關係。」

「只要你開口。」他說：「我就把這律師替你擺平幾天。」

我把兩條眉毛向上抬起。

「喔，不是。」小白說：「不是你想的那種殘忍方式。我絕不做這種事，我也不會讓蓋太太受到非難。老實說，這種事可以做得這鬼律師自己都不知道出了什麼事。」

「只是好奇，」我問：「他會出什麼事呢？」

「只要你開口，」小白說：「我會給他騎一次有趣的馬。當然是給他一匹有趣的馬。」

「你讓他從馬背摔下來？」我問。

「不要這樣說。」小白道：「我們有幾匹馬，跑快的時候背直了一點。騎士要非常純熟才能在他們快跑的時候不被摔下來。而這馬還特別喜歡跑快。

「所以，如果有人特別使其他客人不安寧——賴，我不應該告訴你的。你知道我們太多秘密了。」

「仍舊是秘密呀，」我說：「我只是好奇而已，又不會亂講的。」

「好吧，」小白說：「我們請他騎一匹這種馬，再在這一批裡放幾匹喜歡快跑的馬進去。等這洋包子回來的時候，他且有一陣子不能跳舞哩。」

我說：「小白，我是代表一個保險公司來的。保險公司規定，我說有用的消息和建議，都可以用公款去購買。我認為你的建議足值一百元。我聽你的建議，很希望那個賊律師能擺平幾天。」

「沒問題。」小白說：「我有很有趣的東西給他看。我想你不會介意我請別人送你進城。這件事我還要親手辦才行。」

「絕不介意。」我說：「隨便找個人送我都可以。」

我們握手。

「隨時歡迎你回來。」小白說：「和你在一起很高興。我喜歡替懂得馬的人工作。」他轉身叫另一個牛仔。「幫個忙，把旅行車開來，立即送賴先生去機場。」

「好的，馬上來。」牛仔說。

# 第十四章　不留任何尾巴的妥協

我從機場打電話給果豪明。

「那樣快就回報啦？」果說：「一定有好消息囉，賴？是不是辦妥啦？要恭喜你。」

「恭喜是太早了一點。」我說。

「你的意思是還沒有辦妥？」

「沒有。」

「這次有什麼困難？」

我說：「詳情不宜在電話裡討論。我想你那邊要經過總機吧。」

「那有什麼關係？」

「可能總機會聽到。」

「公事在公司裡不必保密。」果說：「你一切照說好了。」

我說：「對不起要問一件無禮的問題。是什麼人到牧場來，和我們牧場的代理人第一次接頭的？」

「這和這件事沒有關係。」他說。

「你有沒有自己到這裡來過？」

「我自己有一次度假去過那牧場。」他冷冷地說：「我看不出和本案有什麼關係。」

我說：「姓莫的找到個旅客，你在這裡的時候，她也在這裡。這位女士有拍片狂，見到任何東西都拍。姓莫的現在手裡有你和另外一位朋友的影片。」

電話那邊是嚇愣了的寂靜。

「你還好嗎？」我問。

「還好。」果豪明說。

我說：「莫律師準備用影片作為原告的證據。」

「老天！」果豪明說。

我說：「我發現這個莫亞律是個危險的敵人，而且他不顧廉恥，不擇手段。」

「死不要臉是真的。」果說：「影片的事，他威脅不了我，是嗎，賴？」

我說：「他放了一部分影片給我看，沒有全部放映。」

「裡面有什麼？」

「這就是我不能在電話裡告訴你的。」

「你現在在哪裡？」

「機場。」

「羅漢曼呢？在牧場嗎？」

「是的，但莫律師馬上要把他帶走了。」

「莫律師呢？」

「他今天在牧場過夜，明天會回達拉斯的辦公室。」

「把這件案子妥協掉！」他決定道：「去找他，他要多少給他多少。」

我說：「我們還有四十八小時活動餘地。」

「不管你，現金支票在你手上。我要的是絕對妥協，完全妥協，不留任何尾巴的妥協。」

「你的意思是要這影片？」

「唐諾，」果豪明說：「你機靈得又可愛又可恨。」

「好吧，」我說：「我今夜會在達拉斯。我會在四十八小時內把一切辦妥的。」

「請你給我辦妥。這是件大事。」

我說：「那位曾經在牧場待過的護士，杜美麗，她溜得似乎突然了一點。她理由是媽媽病況變嚴重了。我在想我們有沒有辦法找到她——至少她會給我們點消息。她可能是這一條鍊當中最弱的一環。」

「弱不弱的一環，別管它！」果說：「我要這件案子早點結束。不必去找她。你去達拉斯，準備和他們妥協就好了……這個混蛋，敲詐我——」

「住嘴，」我說：「小心說話，不要說沒用的話。」

我聽到他在電話對面倒抽一口冷氣的聲音。之後他說：「賴，我很感激你做事的態度。我也感激昨晚你表現的態度。很多人不瞭解你我這種人出去找證據的時候，一定要盡可能的全力。有的時候一定要用女性的工作人員。」

「是的，」我說：「你我這一行的人都知道沒錯。」

「好吧，」果豪明無力地說：「我想這一次他起碼要敲我們十萬元。你做全權代表，結束掉這件案子就達成任務。我想你知道應該怎麼辦。」

「交給我好了。」我告訴他。

我把電話掛上，跑去看班機時間。

有一家航空公司有班飛機三十分鐘裡要起航達拉斯。

# 第十五章　案中有案的雙騙奇案

飛機準時到達達拉斯。我租了一輛車，直接開去梅桐公寓，乘電梯上到六樓，直走到六一四公寓按鈴。

羅漢曼太太出來應門。她穿著整齊，要出門的樣子。

「哈囉，記得我嗎？我是賴唐諾，賣百科全書送獎品給你的人。」

「喔，是的，獎品很合用，賴先生。」

我經過她看向房裡，一只箱子在長沙發上，蓋子開著，裝了一半東西。

我說：「我來看看大致的情況。」

「你可以去查，我信譽良好，賴先生。我們付帳一天也不會差。而且——」

「喔，不是為這個。」我告訴他：「這是另外一個部門的工作。老實說我專管怎樣把禮品送出去。我管禮品選購和找理由送出去。譬如，你是購了我們第幾套百科全書，有人是購多少套送給學校，或是太太因為結婚紀念買來送給丈夫，我們都或多或少有各種有意思的禮品。我每年買很多禮品，希望見到我們送出去的禮品客人合用。

「送給我的禮品很合用，也沒有缺點。」

「你能不能告訴我還有什麼別的禮品，女人們會喜歡？」

「沒有，再也不會有任何禮品好過電動開罐器和石磨果菜機了。真是太好，太好了。」

「它們沒有壞吧？」

「沒有壞，完全正常。」

她猶豫了一下，站過一邊。「要進來坐一下嗎，賴先生？」她問。

「謝謝你。」我說。

她指著箱子說：「我要到蒙大拿去和丈夫會合。」

「真的呀！會去很久嗎？」

她說：「不會，我只是要玩一下。他在那邊有公事出差。他打電話問我肯不肯去玩玩。」

「真是好。」我說：「你什麼時候走？」

「喔，我不知道。」她說：「明天什麼時候。我一定得和他聯絡一下看哪班飛機。他會等一下再打電話給我的。」

「原來如此。」我說：「我今天來，主要是因為我們另外有一件小禮物要送給以往的得獎人，假如他們能作證說我們的百科全書很有用處。這些都是極短的推薦，好像偶然和朋友爭論某地最大的礦產是什麼，結果因為有百科全書在家立即得到結論這一類推薦。我們每一則送現鈔 百元。」

「現鈔一百元！」

「是的，現鈔。」我告訴她：「這是送給主婦的私房錢。」我笑笑又說下去：「假如我們送了支票，你們要付所得稅，而且先生多半會知道。

「我們的百科全書準備向在家的主婦推銷，所以這一百元是送主婦隨便她買喜愛的東西的。五張二十元全新現鈔。」

「你為什麼上次來不告訴我呢？」

「這種好機會我們有限制地只送給少數的人。」我告訴她：「而且在極機密情況下舉行，不能給別人知道這種推薦是出錢買來的。」

「當然……是怎麼做法的？我應該做什麼？」

我說：「你要唸一段我們寫好的稿紙，無非是你無意中買了我們的百科全書，結果發現內容那樣豐富，你慢慢的成了很多方面的專家。很多時候，鄰居們發生了爭執都會找你來澄清。差不多這一類的話。」

「你說要我來自己唸？」

「是的，我們錄音下來。」我解釋道。

「喔。」她說。

「然後我們要用電視來錄影。」我又說。

「上電視！」

「是的。」

「我……我想我對上電視沒什麼興趣，賴先生。」

「沒興趣？」

「沒。」她加重語氣地搖搖頭。

「只浪費你幾分鐘時間，而且錢——」

「你在什麼電視台放，只是本市嗎？」

「喔，拍得好的話，也許全國來放映。多半在娛樂時候，你知道，十五秒的廣告，我們花不起黃金時段的廣告費。」

「不行。」她說：「我沒有興趣。」

「好吧，」我說：「反正我謝謝你。我要你知道，有什麼好處，我們絕對不會忘了我們十萬套書的購買人。」

我離開公寓。

我離開的時候她看起來在深思。

我坐在車子裡準備徹夜不睡的監視那公寓。

結果果然是個徹夜的守候。在第二天早晨七點鐘才看到她出來。然後是一輛計程車開來，她關照計程駕駛和她一起上樓，拿下了四件行李，都是大而重的箱子。

她把行李都帶到機場，行李託運，自己只隨身帶了一個過夜袋。

她買了張票去洛杉磯。

跟蹤別人有個原則。你要是過份裝扮希望別人不注意你，你就會露出馬腳。盡可能自己輕鬆得不在乎，別人就不會注意你。

我在報紙中央撕一個小縫，躲在報紙後面觀察，直到去洛杉磯班機通知登機。

羅太太購的是頭等票。我買了張經濟艙的票，走向電報台，送個電報給洛杉磯警局的宓善樓警官：

私家偵探賴唐諾來探洛杉磯貴局偵查中謀殺案新角度。賴已乘美航班機七〇九返洛杉磯中。於本城賴曾疏忽忘簽字十元支票。貴局若需理由扣留此人，本局可用上述理由為之。王警官。

我把電報用加急送出，自己登上飛機的經濟艙。

乘經濟艙跟蹤頭等艙的客人很有意思，兩者之間幾乎完全隔離。頭等艙的旅客絕不會到經濟艙來，經濟艙的旅客很少去頭等艙。

我坐在自己坐位上。飛機是直達，中途不停的，我除了睡一覺似乎沒有事可做。但是我腦子中不斷在想，我這樣故意違反果豪明的指示，將來怎樣向他交代。

飛機不斷向西飛，噴射機時代來臨，地球越來越小。前望萬里晴空，一過新墨西哥州，下望就是亞利桑納的沙漠，然後是科羅拉多河和帝皇谷。

飛過亞利桑納的時候，我幾乎以為我可以指出孤崗山休閒牧場在哪裡。這時候柯好白正好在替馬群裝上馬鞍；費桃蕾正加足她女性的媚力，使男客人們昏頭轉向。

然後我們慢慢下降，來到洛衫磯的機場。要不是飛機在機輪上煞車和噴射引擎聲音改變，旅客們幾乎不知道我們已經回到地面上。

我設法爭取為經濟艙下機旅客的最前面幾名。但是一出機艙我走得慢一點，先找頭等艙出來的旅客。我看到羅太太安詳地一個人走在我前面，眼睛望向地面。

稍遠，居高臨下，我終於看到宓善樓警官和另一個便衣。他們也看到了我，推開人群向我走過來

我跑前幾步，走到羅太太身邊。「呀！羅太太！」我說：「我不知道你也在這班飛機上。」

她轉頭看我，滿臉驚愕，然後突然決定不能露出狼狽樣。「喔，是唐諾。」她說：「老天，你也沒告訴我，你在這班飛機上呀。」

「我想你是乘頭等來的。」我說：「我的公司不允許我報銷超額旅行費——」

「好了，小不點，」宓警官插進來說：「你這裡來。」

我說：「好呀，原來是宓警官！警官，容我給你介紹一下這位太太。乾太太！就是因為她被謀殺了，所以你在找她先生乾福力。乾太太，這是我的

好朋友，洛城警局的宓警官。」

她顯出立即想逃跑的樣子。就是這種驚慌想逃的樣子毀了她自己。假如她能稍稍老練一點，只要嘲笑地向我看看，理直氣壯地說一句：「你在說什麼呀？」宓善樓不會理她，拖了我就走。

但是她那麼驚慌，馬腳就露大了。

「小不點，你說什麼？」善樓問，但是他眼睛是看著那女人的。

我說：「替你介紹乾福力太太，別名羅漢曼太太。」

善樓極快地從口袋中拿出一張照片，說道：「老天，不是才怪。」

她開始逃跑。

善樓和便衣三腳兩步就捉住了她。

不少旅客驚慌，讓開，然後圍集過來看熱鬧。善樓和便衣對看熱鬧的人不太友善。「讓開，讓開。」善樓說：「幹你們自己的事，我們是警察。再圍在這裡就算你們妨害公務。走，走，幹你們自己事去。」

群眾漸漸散去。

善樓和便衣帶著我和那女人來到一個機場留著給警方使用的空房間。

善樓對女的說：「好吧，你先說。」

她說：「既然你們逮到我了，還有什麼話說。」

善樓看向我。

我說：「看起來很複雜，仔細推理只有一個可能。乾福力並沒有把他太太從彎路推下坡去，而那個護士也不只是因為偷了幾張X光片，就招來那麼多的困擾。杜美麗的困擾是因為她偷了一個屍體。」

「偷了個屍體？」善樓大聲問。

「當然。你去看看醫院報告。杜美麗的一個女病人，晚上自己起床跑掉了。這女病人是車禍在治療，她是當晚死了的。

「乾福力，就是羅漢曼。

「乾福力等一個機會，等好久，就是要這樣一個屍體。杜美麗偷過幾張X光片，這次他們要她偷個屍體。他們等了好幾個星期，要車禍死的，要死在杜美麗管的病房，要在晚上她一個人值夜班時。最重要的是沒有家屬，身材又要類似乾太太的。

「他們把死人偷運出醫院；脫掉衣服，換上乾太太的服飾，讓杜美麗謊報病人自己溜掉了，他們把死人放汽車裡推下坡去，燒到辨認不出來，乾福力可以領他太太的保險金。

「沒有想到的是，警察比他們想像中熱心，能幹了一點。警方檢查了乾福力租來的車子，發現了他們用來推乾太太和租來車子下坡時所刮掉的油漆。乾福力知道騙太太車禍死亡保險金非但泡湯，而且他還有被控謀殺的危險。他和他太太本來準備好必須逃亡的。所以兩個人早已在達拉斯建立了羅漢曼夫婦的第二身分。

「乾福力一計不成，但手上另有一張王牌。他以羅漢曼身分，報告了一場車禍，一場完全虛構，無中生有的車禍。羅漢曼說，有一個叫乾福力的，車牌多少多少，自認錯誤，撞了他車尾，使他得到頸椎挫傷。

「他又飛回洛杉磯，用乾福力身分向保險公司報告，在達拉斯出了車禍，他真抱歉，一切責任在他，使保險公司陷入這種必須認錯賠錢的困境。

「通常來說，這計劃很好，保險公司也不會在乎。派個調停人，在他告訴前出一萬或一萬五千元妥協，皆大喜歡。但是，由於你突然進入本案，要通緝乾福力。使以羅漢曼身分出現的，看到了真正敲保險公司大錢的機會，他才開始請了最詭的律師代表他。這下可好，乾福力有永遠不再出現的原因，保險公司有理也說不清了。

「總之，這是一個案中有案的詐欺案。

「真正重要的破綻是河床沙地的腳印。

「乾福力爬下山坡，把車子縱火之後，他沒有從原路一直向上爬回去，所以他一定要有一個助手。這個助手就是理論上他已經謀殺了的太太。是乾太太開了車，在山下等他的。所以他才會沿了河床沙地上走過去。

「這個乾福力，設計得很好，也花了很久時間，花了不少本錢。你調查的時候不要漏了兩個共犯，杜美麗和尹瑟芬。她們兩個的公寓是他出錢租的。兩個人替他偷X光片子。而後他要大幹一場時，美麗沒有辦法脫身，只好幫他去偷屍體。

「假如你到她們住的保安公寓去查一查，你會發現乾福力的衣服在公寓裡，他的襯衫都繡著一個『C』字。」

我在講的時候，善樓一直看著我。但是也不斷一次次看向那女人。女人開始哭泣，善樓知道他自己中獎了。

「好吧，夫人。」他說：「我想你要跟我到總局去一次了。假如你有錢付計程車費的話，我們可以不引起大家的注意。」

「要我一起去？」我問宓善樓。

善樓用大拇指向門外一指。「你滾你的。」他說。

我知道，他腦子裡在想什麼。

他在想稍後招待記者，宣佈破案時，他要怎樣吹牛——運用高度的偵探技巧，推理能力，解破了洛城有史以來最詭異，案中有案的雙騙奇案。

我沒有急著向果豪明報告。理由之一是因為根本沒有時間。有班飛機立即飛達拉斯，我要趕著登機。另外，我還有件事尚未替果豪明辦妥，要辦妥了才能向他一起報告。

這次，我用頭等機票前往。飛回達拉斯的飛機，就是飛來的一架，大部分的空中小姐都沒有更換。有些小姐看我又登機了，好奇地看看我，但是沒有說什麼話，我也就不開口。

我一晚上沒有睡，在監視公寓的門，所以我把椅子倒下好好睡了一覺。

我回到達拉斯，取回租用的汽車，開車去莫亞律律師的辦公室。

莫亞律正在等著我。他有一個豪華巨大的辦公室，自備大而完整的法律書籍圖書館，提供他打贏官司必備的參考資料，也給當事人最好的印象。

一位秘書在外面，看來雖是下班時間，但律師不走，她是可報加班費的。穿著正合身分。

秘書用對講機報告我在外面。莫律師親自從辦公室出來，迎接我進去。這傢伙全身僵硬，有痠痛狀，行動相當困難，但他強扮著熱情，高興地請我進去。

「哈囉，賴，哈囉。」他說：「你好嗎？我收到你電報，說你這班飛機來，所以我等著你……進來，進來。我想你是準備把羅漢曼控告乾福力的案子今天結束掉，是嗎？」

我笑向他道：「我需要的一切都齊備了。」

「那很好。請坐，請坐，賴。你我兩人沒有理由敵對——反正，工作是工作，保險公司也是喜歡付錢的。否則他何必收別人保險費呢。他們的困難和我們沒有關係。我代表一個當事人，你代表你的客戶，如此而已。

「賴，你要知道，我這個律師業務很廣。我常常有需要其他城市私家偵探查案或是請證人出證的機會。我很高興認識了你，今後要是在洛杉磯有什麼案子，我想我們兩個人一定會愉快地好好合作的。」

「不錯。」我告訴他。

「支票帶來了。」他問，兩眼看了我手提箱一下。

「支票在我這裡。」我告訴他：「影片呢？」

他笑笑，自辦公桌抽屜拿出一只扁的圓鐵匣子。他把匣子放在桌上說：

「賴，所有事情，我們一次解決。」

我說：「支票抬頭是原告羅漢曼和律師莫亞律兩個人的。」

「沒錯，沒錯。」他笑著說：「正應該如此。我喜歡和懂得保護律師權益的保險公司打交道。當然，我們做律師的可以跟著當事人去銀行領錢來分，但是這總有損尊嚴。遠不如，當事人背書，律師背書，由律師的秘書去拿錢，或是律師以後開支票給當事人，好看得多。」

我說：「支票是這樣開的，但是這一次我想你不會高興這樣開的支票。」

「為什麼？」

「因為，」我說：「你只要一背書，你就背到底，把自己背進監獄去了。」

他的臉立即垮下來，變成冷酷，有詭異的煞氣。

「賴，你給我聽著。」他冷靜地說道：「我一直很爽直地和你談生意。我不喜歡你耍小聰明或想弄鬼。你要敢動一點歪腦筋，我叫你和你的保險公司後悔一輩子。」

「我沒有玩什麼鬼。」我天真、無辜地說：「是你的當事人在玩鬼。」

「什麼意思？」

我說：「羅漢曼就是乾福力。」

「什麼？」他叫道。

「假如你調查一下，」我說：「你會知道，羅漢曼——假冒別名乾福力，或是乾福力——假冒別名羅漢曼，本來是靠車禍假裝受傷，冒領保險費為生的。他幹過好幾票，也在這行很久了。他的辦法很好，他在甲城市為汽車保個險，到乙城市建立另外一個身分。時機一到，他在甲城市報告一個車禍，說是錯誤都在對方。又趕回乙城市以乙城市身分報告車禍，承認一切責任歸自己。

「此後，他找一個律師，用偷來的別人的X光片打贏官司，騙錢到手，溜到別的城市再如法炮製。」

莫律師的下巴垂了下來：「你有證據嗎？」

我說：「今天早上警方逮捕了羅漢曼太太。已經證實她就是乾福力太太，也就是警方認為已經被謀殺的女人。

「這一次，他們利用那女護士不但去偷X光片，而且偷了一個女屍體。他們把乾太太衣服穿在屍體上，把屍體放在車上，用另一輛車把那車推下坡去，又縱火燒汽車，希望領取乾太太名義下的十萬元人壽險，萬一不成功，當然還可以回頭來做羅漢曼。因為乾福力失蹤了，車禍受傷保險費就隨便他開了。」

「你能確定？」他問：「這些都有證據？」

我說：「你告訴過我，你在這裡吃得開，和警方有聯絡。你請他們打電話找洛杉磯總局的宓警官，問一問乾福力案子的最新發展，不就都知道了。」

莫律師把坐椅向後一推。「失陪一下，」他說：「我有點事要關照我秘書。」

他出去了十分鐘；回來的時候，他在發抖。

「賴先生，」他說：「我用我職業榮譽向你保證，我和這件事一點關係也沒有。我自己個人有個原則，玩奸、玩詐、不玩假。從不玩假。」

「真的？」我問。

「真的。」他說。

我比一下他桌子上那個圓圓扁平的匣子。

「這些影片又怎麼辦？」我問。

他看看我，吸一口氣，我看到他在動腦筋。

「影片？」他說：「什麼影片，這是影片嗎？」

「有點像。」我說。

「我沒有這東西，我也從來沒有見到過。是你帶進來的吧？」

「我正準備帶它出去。」我告訴他。

我大模大樣把扁匣子拿起，放進手提箱裡，說道：「大律師，正像你剛才提起的，各為其主，沒有私人恩怨。」

「我有原則，絕不代表騙子。」莫律師說：「這件事使我很吃驚，大大的吃一驚。」

我問：「你以為X光片子是哪裡來的？」

「當然是病人自己照出來的。」

「你沒有說要問問他主治醫師嗎？」

「我——我想我太忙了。」莫律師說：「當然，假如案子要上法庭，在出庭之前我會一一查對證物的。但是——賴，我看你是內行，你會瞭解的。」

「我瞭解這種事是怎麼樣的。」我一面說，一面離開他辦公室。

# 第十六章 巨額獎金

午夜起飛的飛機，把我載回洛杉磯。果豪明辦公室開門的時候，我就進去等著了。

果豪明進來，一臉憂慮的樣子。眼睛下面腫腫的，平時的歡笑已不在臉上。對自己身材良好的自信心消失，目前看起來倒像一條葉子枯萎的萵苣。

看到我在等他，露出了驚奇、出乎意料的表情。

「賴！」他大叫道：「你在這裡幹什麼？你應該在達拉斯辦妥協呀！」

「辦好了。」

「什麼？」

「我辦好了。」

「有沒有……都辦好了。」

我說：「你這裡有個放映室，是嗎？」

他猶豫一下，說道：「有是有，但是我不要放映師看到你帶回來的影片。」

「我來放。」我說。

「你懂怎樣放？」他問。

「懂。」

我們走進放映室，果豪明和我一起看影片。出來的時候，他抖得像風裡的樹葉子。

我把倒回來，放進匣子的影片交給他。「你自己來處理掉，放心點。」我說。

「花了多少錢？」他問。

我說：「我用掉了不少。我在這裡和達拉斯之間飛來飛去，空中小姐以為我是秘密空安人員……」

「先別管這些了。」他不耐地揮手：「我不在乎你花了多少。你花了多少擺平這件事？」

「不要錢。」我告訴他。

「不要錢！」

「是的，不要錢。」

「怎麼回事？」

我說：「你等一下去看今天中午出版的報紙，你會看到一篇恭維宓善樓和肯恩郡行政司法長官辦公室韋傑民的文章。說他們偵破了加州有史以來最複雜的一個謀殺案。

「起先這件案子是個典型的車禍意外死亡。稍往深處一探，這些沙場老將的警官發現這實在是個謀殺案。然則由於一、兩件看起來微不足道的小事，不能和事實配合，所以他們把這件案子保密起來，不使消息外洩。最後他們竟發現一件古怪的陰謀，證明事實有的時候比小說更奇怪的格言。」我大致把一切經過告訴他，把四張支票還他。

果豪明說：「你的意思你忙了那麼久，這兩位……先生……統統把功勞算在他們自己身上？」

「當然，」我說：「為什麼他們不可以。」

果豪明說：「當然不可以，這不公平。我又不是在警方毫無影響力。有個警察局長還是我的好朋友，我……」

他突然猶豫，我說：「……你，有你自己紕漏在那裡。」

他看看手裡握著的扁圓匣子。「當我自己有紕漏的時候。」他重複說：「但是，我雖然不能在這方面幫你忙，我會在別的地方幫你忙的。賴——我不但要用我公司的名義，給你獎金，而且在明天這個時候，我要加州其他十一家保險公司每家拿一筆獎金出來，獎勵偵破保險騙案，並且獎金會嚇你一跳，因為你等於警告了這個莫亞律律師，而這個莫律師是保險公司的眼中釘，肉中刺。」

果豪明走去辦公室外面，回來的時候手裡多了張支票。我看看支票面額，吹了下口哨，把支票放進口袋。

果豪明高興地伸出他的手，信心十足地說：「賴，真高興和你合作。真是十分高興。」

我沒有回答他。

# 第十七章　任務完成

我走進辦公室，柯白莎眨著眼，好像要確定是不是我。她說：「老天，你這尖屁股就是不肯在一個地方多待一會。像你這樣跑來跑去，任務怎麼完成得了？」

「任務已經完成了。」我告訴她。

白莎生氣地說：「客戶規定你可以花三星期來完成這件工作。三星期，每天六十元，一共是——」

我把果豪明給我的支票放在她桌上，向她面前一推，打斷了她的話。

她看看支票，想說什麼，突然看到上面的數目字，兩眼猛地睜大。

「他奶奶的，」她說。過了一下又加一句：「何況還可以向他要回一切開支。」

「可以向他要回一切開支，除了一筆五百元的支出。」我說。

「一筆五百元的支出？是幹什麼的？」她問。

「給卜愛茜的獎金。」我說著離開她辦公室，留她一個人唾沫飛濺急速雜亂地在罵我。

相關精彩內容請見《新編賈氏妙探26 金屋藏嬌的煩惱》

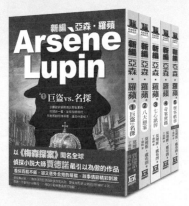

# 新編賈氏妙探之25 老千計，狀元才

作者：賈德諾
譯者：周辛南
發行人：陳曉林
出版所：風雲時代出版股份有限公司
地址：10576台北市民生東路五段178號7樓之3
電話：(02) 2756-0949
傳真：(02) 2765-3799
執行主編：劉宇青
美術設計：吳宗潔
業務總監：張瑋鳳

出版日期：2023年12月 新修版一刷
版權授權：周辛南
ISBN：978-626-7303-18-4

風雲書網：http://www.eastbooks.com.tw
官方部落格：http://eastbooks.pixnet.net/blog
Facebook：http://www.facebook.com/h7560949
E-mail：h7560949@ms15.hinet.net
劃撥帳號：12043291
戶名：風雲時代出版股份有限公司

風雲發行所：33373桃園市龜山區公西村2鄰復興街304巷96號
電話：(03) 318-1378
傳真：(03) 318-1378
法律顧問：永然法律事務所 李永然律師
北辰著作權事務所 蕭雄淋律師

行政院新聞局局版台業字第3595號 營利事業統一編號22759935


**定價：299元** 

國家圖書館出版品預行編目資料

新編賈氏妙探. 25, 老千計,狀元才 / 賈德諾(Erle Stanley Gardner)著；周辛南譯. -- 臺北市：風雲時代出版股份有限公司, 2023.05 面； 公分

譯自：Up the grabs.
ISBN 978-626-7303-18-4（平裝）

874.57 112002575